긴 노래, 짧은 시

# 긴 노래, 짧은 시

이시영 시선집

김정환 고형렬 김사인 하종오 엮음

창비

등단 40년을 맞았다고 친구들이 정성들여 이렇게 어여쁜 시선집을 하나 꾸며주었다. 그들의 우정에 감사한다. 그리고 이 책을 편집하고 번잡하기 짝이 없는 내 삶의 이력들을 '연보'로 간명히 정리해준 박신규 형에게도 감사한다.

시여, 지난 40여년간 나를 옥죄고 있던 사슬을 풀고 너도 이젠 좀 자유로워지거라! 아니 아무런 두려움 없이 너의 길을 뚜벅뚜벅 가거라!

2009년 8월
이시영

# 차례

시인의 말  005
일러두기  010

## 제1부

만월  012
후꾸도  014
대숲에서는  017
1974  018
머슴 고타관 씨  020
정님이  023
침묵귀신  026
채탄(採炭)  027
눈이 부신 날에  030
우리 동네 지명(地名)풀이  031
어느날  034
어머니  035
지리산(智異山)  040
공사장 끝에  042
1956년  043
옛동산  044
늙은 이모전(傳)  045
형제들을 위하여  046

과천서 서울로  048

우리 마을 택호(宅號)풀이  050

첫 수업  052

풍경  053

종고모  054

어느 하오(下午)  056


제2부


학  058

거울 앞에서  059

벽  060

행렬  061

오동도  062

신설(新雪)  063

대설  064

자랑스런 날  066

내가 언제  068

봄논  069

시(詩)  070

가을날  071

나무에게  072

족적(足跡)  073

마음의 고향 4 — 가지 않은 길  074

목숨  075

어느날 죽음이……  076

가을의 소원 078

어느 아침 079

마음의 고향 6 — 초설(初雪) 080

북어(北魚) 082

사이 083

석양녘 084

화살 085

신생(新生) 086

애련(哀憐) 087

문화이발관 088

야옹(夜翁) 089

## 제3부

골짜기 092

물맞이 093

섬뜸 094

여름 095

푸른 제복 096

조개의 죽음 098

잠들기 전에 099

몽골 시편 1 100

1974년 11월 101

'민중의 소리' 방송 102

1982년 여름 104

리치몬드 제과점 106

홍조(紅潮)   108

형제   109

14K   110

명당   111

실업   112

노인   113

조드   114

아침의 장관   115

자연   116

책상 동무   117

풀꾼   118

카길중학교에서   119

하싼   120

누가 이 할머니를 전사로 내몰았는가   121

5월 어머니회   122

봄날   123


해설 ǀ 김정환   124

연보   149

작품 출전   156

엮은이 소개   158

**일러두기**

제1부는 1970~80년대, 제2부는 1990년대, 제3부는 2천년대에 출간
된 시집에서 선하여 수록하였다. 작품배열은 출간순으로 하되 같은
작품집에 수록된 시들은 일부 순서를 조정하였다.

제1부

# 만월

누룩 같은 만월(滿月)이 토담벽을 파고들면
붉은 얼굴의 할아버지는 칡뿌리를 한 발대
가득 지고 왔다
송기를 벗기는 손톱은 즐겁고
즐거워라 이마에 닿는 할아버지 허리에선
송진이 흐르고
바람처럼 푸르게 내 살 속을 흐른다
저녁 풀무에서 달아오른 별들,
노란 벌이 윙윙거리면
마을 밖 사죽골에 삿갓을 쓰고
숨어 사는 어매가
몰매 맞아 죽은 귀신보다 더 무서웠다
삼베치마로 얼굴을 싼 누나가
송기밥을 이고
봉당으로 내려서면
사립문 밖 새끼줄 밖에서는
끝내 잠들지 못한

맨대가리의 장정들이 컹컹 짖었다

부엉이 울음소리가 쭈그리고 앉은

산길에는 썩은 덕석에 내다버린 아이들과 선지피가 자
욱했다

어둠속에 숨죽인 갈대덤불을 헤치고

늙은 달이 하나 떠올랐다

# 후꾸도

장사나 잘되는지 몰라
흑석동 종점 주택은행 담을 낀 좌판에는 시푸른 사과들
어린애를 업고 넋나간 사람처럼 물끄러미
모자를 쓰고 서 있는 사내
어릴 적 우리집서 글 배우며 꼴머슴 살던
후꾸도가 아닐는지 몰라
천자문을 더듬거린다고
아버지에게 야단맞은 날은
내 손목을 가만히 쥐고 쇠죽솥 가로 가
천자보다 좋은 숯불에 참새를 구워주며
멀뚱멀뚱 착한 눈을 들어
소처럼 손등으로 웃던 소년
못줄을 잘못 잡았다고
보리밭에 송아지를 떼어놓고 왔다고
남의 집 제삿밤에 단자를 갔다고
사랑이 시끄럽게 꾸중을 들은 식전아침에도
말없이 낫을 갈고 풀숲을 헤쳐

꼴망태 위에 가득 이슬 젖은 게들을 걸어와
슬그머니 정지문에 들이밀며 웃던 손
만벌매기가 끝나면
동네 일꾼들이 올린 새들이를 타고 앉아
상머슴 뒤에서 함박 웃던 큰 입
새경을 타면 고무신을 사 신고
읍내 장터로 써커스를 한판 보러 가겠다고 하더니
갑자기 서울서 온 형이
사년 동안 모아둔 새경을 다 팔아갔다고 하며
그믐날 확독에서 떡을 치는 어깨엔
힘이 빠져 있었다
그날밤 어머니가 꾸려준 옷보따리를 들고
주춤주춤 뒤돌아보며 보름을 쇠고
꼭 오겠다고 집을 떠난 후꾸도는
정이월이 가고 삼짇날이 가도 오지 않았다
장사나 잘되는지 몰라
천자문은 다 외웠는지 몰라

칭얼대는 네댓살짜리 계집애를 업고
하염없이 좌판을 내려다보며 서 있는 사내
그리움에 언뜻 다가서려고 하면
나를 아는지 모르는지 모자를 눌러쓰고
이내 좌판에 달라붙어
사과를 뒤적거리는 사내

# 대숲에서는

대가 자라는 소리가 들린다
대숲에는 아무도 가지 않았다
귀가 자라는 소리가 들린다
대숲에는 아무도 가지 않았다
소리가 자라는 소리가 들린다
대숲에는 아무도 가지 않았다
청(靑)대가 귀를 달고 걸어나온다
대숲에는 아무도 가지 않았다
소리가 대목발을 짚고 걸어나온다
댓이파리들이 귀가 패인 소리를 달고 걸어나온다
머리털이 하얗게 센 말들이
궁둥이를 하늘로 쳐들고 걸어나온다
대숲에는 아무도 가지 않았다
대숲에는 아무도 가지 않았다

# 1974

항구 남쪽에서도 귀신이 나왔다고 한다
해안통 쪽에서 나타나 시내 복판으로 들어가는
더벅머리 셋을 보았다고 한다
사람들을 향하여 무슨 말을 중얼거리다가
볼일이 있다고 재빨리 사라졌다고 한다
아무도 그 말을 들은 사람은 없다

광주(光州)에서도 대낮에 여우가 나왔다고 한다
온몸에 불을 켜고 충장로를 달리는 것을
보았다고 한다
여우는 사람들 다리 사이로 빠져 달아나면서
무슨 말을 중얼거렸다고 한다
아무도 그 말을 소리낸 사람은 없다

영등포(永登浦)에서도 여자 둘이 나왔다고 한다
야근을 하고 돌아가는 새벽 철둑길에서
여자 둘을 본 여자들은 집에 와

문을 걸어닫고 사흘 낮밤을 숨어 있었다고 한다
아무도 그들을 본 사람은 없다

용산(龍山)우체국 옆길에서도
붕대를 감은 대머리들이 나왔다고 한다
어깨들을 끼고 돌아가는 삼각지를 불러제끼며
돌아갔는데
아무도 그들을 기다린 사람은 없다
삼각지를 따라 부른 용산 술꾼들은
땅을 치며 하룻밤을 새우고 왔는데
이튿날부터 술을 끊었다고
술꾼 중의 1인이 쉬쉬하며 내게 전해왔다

# 머슴 고타관 씨

그는 왼손이었어 숫돌에 갈아
왼손으로 말하고 마늘내 나는
들판을 벗고 머슴들을 불러
미농지 위에 오른손을 잘랐어 갈대밭에서
돌아온 그의 낫은, 일어서는
불꽃을 소리 지르는 호박을 자르고
볏가리에 숨은 주인의 고요한 귀를 베었어
배추 같은 귀들이
소금가마니를 뚫고 비쳤어
기름 새는 발동기가 끌려가고
정미소 창고에선 소문에 내리찍히는 송아지 뒷다리
몰래몰래 사발 같은 눈들이 열린 대밭에서
캐어낸 무릎
죽순들이 돋아 있었어 허옇게
뒤집힌 눈들이 뛰는 방죽 너머로
대창 높이 물에 빠진 여자 머리를 찔러
돌아오는 그

우렁눈에서 벌이 날고

밤이면 나팔보다 더 커진 귀로

바람을 쏟았어

아침놀이 내리자 말뚝 박힌 주인집 채마밭에

마을 사람들을 모아 느그들!

하고 식식거리며 쳐든 왼손은

쇠스랑이었어 어느 쪽이여? 손을

들어보랑께로 얼른얼른!

대가리 없는 무우처럼 섬뜩섬뜩 왼손들을 뽑아들자

푸른 이를 깨어 그가 웃었어

하하하하하하

갑자기 그는 왼손을 거두고

지게와 젊은 아내를 끌고 뒷산 쪽으로 내달았어

산맥을 껴안고 헬리콥터가 떠오르고

송진을 뚫고 나온 개들이 기슭을 짖었어

화염이 멎고 마을 사람들이 뒤쫓아갔을 때

진달래 깎아지른 낭떠러지 끝에

쇠스랑손을 붙든 채 그의 아내가 기어오르고 있었어
벼랑 위에는 아내도 버린 채 지게만 동여매고
그가 불붙은 한쪽 다리로 달리는 것이 보였어
아직도 복삿빛 환한 아내는
그의 녹슨 왼손과 함께 장터마을에 사는데
그의 한쪽 다리를 사로잡은
그때 그 순사를 따라 사는데

# 정님이

용산역전 늦은 밤거리
내 팔을 끌다 화들짝 손을 놓고 사라진 여인
운동회 때마다 동네 대항 릴레이에서 늘 일등을 하여
밥솥을 타던
정님이 누나가 아닐는지 몰라
이마의 흉터를 가린 긴 머리, 날랜 발
학교도 못 다녔으면서
운동회 때만 되면 나보다 더 좋아라 좋아라
머슴 만득이 지게에서 점심을 빼앗아 이고 달려오던
누나
수수밭을 매다가도 새를 보다가도 나만 보면
흙 묻은 손으로 달려와 청색 책보를
단단히 동여매주던 소녀
콩깍지를 털어주며 맛있니 맛있니
하늘을 보고 웃던 하이얀 목
아버지도 없고 어머니도 없지만
슬프지 않다고 잡았던 메뚜기를 날리며 말했다

어느 해 봄엔 높은 산으로 나물 캐러 갔다가
산뱀에 허벅지를 물려 이웃 처녀들에게 업혀와서도
머리맡으로 내 손을 찾아 산다래를 쥐여주더니
왜 가버렸는지 몰라
목화를 따고 물레를 잣고
여름밤이 오면 하얀 무릎 위에
정성껏 삼을 삼더니
동지섣달 긴긴밤 베틀에 고개 숙여
달그당잘그당 무명을 잘도 짜더니
왜 바람처럼 가버렸는지 몰라
빈 정지문 열면 서글서글한 눈망울로
이내 달려나올 것만 같더니
한번 가 왜 다시 오지 않았는지 몰라
식모 산다는 소문도 들렸고
방직공장에 취직했다는 말도 들렸고
영등포 색싯집에서 누나를 보았다는 사람도 있었지만
어머니는 끝내 대답이 없었다

용산역전 밤 열한시 반
통금에 쫓기던 내 팔 붙잡다
날랜 발, 밤거리로 사라진 여인

# 침묵귀신

발도 없이 구두 한 켤레가 새벽의 자궁을 따고 나온다. 발목은 보이지 않는다. 검정 구두 한 켤레가 빌딩 속으로 급히 빨려들어간다. 얼굴은 어디로 갔을까. 아무 일도 일어나지 않는다. 빨간 엘리베이터가 서고 짤칵, 바짓가랭이가 뒤우뚱거리며 나온다. 다리는 보이지 않는다. 보이지 않는 다리가 식탁에 놓인다. 나이프. 질겁을 하고 유리를 박차고 달아나는 사지(四肢). 잿빛 거리 아래에선 팔다리도 없는 사람들이 어깨를 치고 오랜만이야. 오랜만이군. 심장 속에서 새까맣게 탄 손을 꺼낸다. 자네 귀가 보이지 않아. 딱딱한 저녁공기. 일렁이는 수풀. 아무 일도 일어나지 않는다. 아무 일은 어디로 갔을까. 광장을 노리는 눈부신 썬글라스 세 놈과 말에서 떨어진 강철의 노예 다섯. 3대 5. 사람들은 다 어디로 갔을까. 자네 입이 이상해. 재갈을 물려야겠어. 혓바닥 수천 개가 아궁이에 부어졌다. 구들장을 들썩거리며 타는 노을. 눈이 멀어가는군. 그래. 나는 침묵에서 온 귀신. 시인마귀다. 잘 가라. 다시는 죽지 마라. 슬픈 책 한 권이 전차에 오른다.

# 채탄(採炭)


바닷가에 버린 원목(原木)더미에도
죽은 탄부(炭夫)의 돋아나는 귀
지층(地層) 밑껍질 겹겹이
나는 빠져 있고
혀끝이 짤린 시간 속에서도
무한한 가늠대를 세우고
일어서는 자, 나는
빙하 끝으로 둥둥 뜬다
한랭선의 그물코에 걸려
납작해진 사람이여
내 안의 까맣게 탄 뼈에 깨어
듣고 있는가
자라지 않는 뿌리,
끄떡이며 물 밖으로 내 목이
떨어진다
채굴(採掘)의 깊고 그윽한 한때
깨스등에 넘친 밤

뽑혀난 목적은 축축히 젖고
다시 밝아온다
석회암 깊이깊이 나는 매몰되고
매몰되고, 통찰의 번쩍이는 렌즈
탄층(炭層) 벽에는 사자들의 맑디맑은
혼이 박혀 있다
오 난해한 내 믿음의 곡괭이가
보이느냐
묻힌 모든 나의 어리석음을
물주전자에 끓이는 단 하루의 모호(模糊)를
캐어내는 소리
그 격렬한 분노의 억누름도
짧게짧게 꺾여가고
제 마둥의 허리 부러진 자유,
비틀린 푸른 불꽃 하나씩은
이파리다, 그들 작은 이념의
새순의 에미다

온몸에 열려 있는 삽질소리를 열고,

퍼낸 바다를

탄반(炭般)은 떠났다

## 눈이 부신 날에

가로수잎들이 바람에 날리고 있습니다
길을 걸으며 나는 문득
당신을 보고 싶습니다
그 옛날 우리가 새로 태어났던 날의 초록잎새처럼
아직은 푸르름이 채 가시지 않았을
당신의 맑은 얼굴을

# 우리 동네 지명(地名)풀이

산나물도 많아 봄이면 처녀들 즐겨 찾던 웃대내
쑥대머리 총각들 풀짐 지고 내려오다
지게목 받쳐놓고 앉아 쉬던 아랫대내
인공 때는 무서워 얼씬 못하던 고개
물이 넘쳐 무데미밭 캐어보면 물감자
아욱 갈고 상치 갈아 붉덩물에 흘려보냈지
바람 거센 대추머리 벌판
6·25땐 비행장 들어서서 부역깨나 했었지
비행장 걷어내고 무우를 갈았더니
그해 가을 허벅지 같은 무우들이 쑤욱쑥 뽑혔지
비틀배틀 넘어간다 배틀재 고개
해마다 버스 굴러 두 동강 났지
그 아래 유묵젱이 논 닷 마지기
어야디야 못춤도 잘 꽂히던 찰흙논 상답
두렁에 앉아 손 씻고 먹던 못밥
서울 간 양복쟁이 들어선다 들 가운데
여름 소나기 속으로 소 몰고 뛰던 길

물이 깊어 웃냇가 징검다리 아랫냇가
이 밭 저 밭에서 하루일 끝낸 아낙들이 모여앉아
호미를 씻던 곳
콩밭도 넓다 가름젱이
이글이글 더운 밭 매고 나면
가으내 수수 털고 희디흰 미영꽃 땄지
물레야 돌아라 물레야 돌아라
동지섣달 긴긴밤 미영을 잣아
따순 날 받아 마당가에 잿불 일구고
왔다갔다 날틀 씨틀에 걸어 베 매고
달그닥잘그닥 우리 식구 베옷을 짰지
추운 밤엔 노인들 해소도 잦아
봄이 오면 가래뜸 뒷산에 벌겋게 드러나던 흙
아가 아가 우리 아가
문고리 잡고 웃던 아가
젖 모자라 너 죽었니
명 짧아 너 죽었니

상기도 어머니 호곡소리 들리는 것 같아

책보 메고 잰걸음으로 지나치곤 하던 방아들 너머 애
장터

꺼멓게 검버섯 핀 돌틈 사이로

삐비꽃 하늘하늘 돋아 있었지

쑥부쟁이 샛노랗게 돋아 있었지

갈아엎은 논물 위로 파아란 산이 비치는 때

왕시루봉 은빛 머리 하얗게 날리는 때

# 어느날

교황 성하의 크고 부드러운 손이
하늘엔 영광을, 이 땅엔 빛을
그리고 광장에 모인 일백만 신자들의 머리에
새순 같은 축복을 내리고 있는
오월 어느날, 화창한 일요일
여의도 10번 구역
원호회관 앞을 건너는 찌그러진 호떡 리어카 한 대
앞에서는 남편이 끌고 뒤에서는
애를 업은 그의 아내가 밀며
조금전 그들을 벽으로 밀어붙여 리어카를 내리치던 쇠
파이프와
이내 그것을 밟고 선 성스러운 사람들 사이를 지나
땀투성이 얼굴로 은총이 넘치는 광장을 뒤돌아보며
욕설을 하며 아무도 안 보는
어두운 땅을 향해 나아가고 있다

# 어머니

어머니
이 높고 높은 아파트 꼭대기에서
조심조심 살아가시는 당신을 보면
슬픈 생각이 듭니다
죽어도 이곳으론 이사 오지 않겠다고
봉천동 산마루에서 버티시던 게 벌써 삼년 전인가요?
덜컥거리며 사람을 실어나르는 엘리베이터에
아직도 더럭 겁이 나지만
안경 쓴 아들 내외가 다급히 출근하고 나면
아침마다 손주년 유치원길을 손목 잡고 바래다주는
것이
당신의 유일한 하루 일거리
파출부가 와서 청소하고 빨래해주고 가고
요구르트 아줌마가 외치고 가고
계단청소하는 아줌마가 탁탁 쓸고 가버리면
무덤처럼 고요한 14층 7호
당신은 창을 열고 숨을 쉬어보지만

저 낯선 하늘 구름조각 말고는
아무도 당신을 쳐다보지 않습니다
이렇게 사는 것이 아닌데
허리 펴고 일을 해보려 해도
먹던 밥 치우는 것 말고는 없어
어디 나가 걸어보려 해도
깨끗한 낭하 아래론 까마득한 낭떠러지
말 붙일 사람도 걸어볼 사람도 아예 없는
격절의 숨막힌 공간
철컥거리다간 꽝 하고 닫히는 철문소리
어머니 차라리 창문을 닫으세요
그리고 눈을 감고 당신이 지나쳐온 수많은 자죽
그 갈림길마다 흘린 피눈물들을 기억하세요
없는 집 농사꾼의 맏딸로 태어나
광주 종방의 방직여공이 되었던 게
추운 열여덟살 겨울이었지요?
이 틀 저 틀로 옮겨다니며 먼지구덕에서 전쟁물자를

짜다

해방이 되어 돌아와보니
시집이라 보내준 것이 마름집 병신아들
그길로 내차고 타향을 떠돌다
손 귀한 어느 양반집 후살이로 들어가
다 잃고 서른이 되어서야 저를 낳았다지요
인공 때는 밤짐을 이고 끌려갔다
하마터면 영 돌아오지 못했을 어머니
죽창으로 당하고 양총으로 당한 것이
어디 한두번인가요
국군이 들어오면 국군에게 밥해주고
밤사람이 들어오면 밤사람에게 밥해주고
이리 뺏기고 저리 뜯기고
쑥국새 울음 들으며 송피를 벗겨
저를 키우셨다지요
모진 세월도 가고
들판에 벼이삭이 자라오르면 처녀적 공장노래 흥얼거

리며

　이 논 저 논에 파묻혀 초벌 만벌 상일꾼처럼 일하다 끙
　달을 이고 돌아오셨지요
　비가 오면 덕석걸이, 타작 때면 홀태앗이
　누에철엔 뽕걸이, 풀짐철엔 먼 산 가기
　여름내내 삼삼기, 겨우내내 무명잣기
　씨 뿌릴 땐 망태메기, 땅 고를 땐 가래잡기
　억세고 거칠다고 아버지에게 야단도 많이 맞았지만
　머슴들 속에 서면 머슴
　밭고랑에 엎드리면 여름 흙내음 물씬 나던
　아 좋았던 어머니
　그 너른 들 다 팔고 고향을 아주 떠나올 땐
　몇번씩이나 뒤돌아보며 눈물 훔치시며
　나 죽으면 저 일하던 진새미밭 가에 묻어달라고 다짐
다짐하시더니
　오늘은 이 도시 고층아파트의 꼭대기가
　당신을 새처럼 가둘 줄이야 어찌 아셨겠습니까

엘리베이터가 무겁게 열리고 닫히고
어두운 복도 끝에 아들의 구둣발 소리가 들리면
오늘도 구석방 조그만 창을 닫고
조심조심 참았던 숨을 몰아내쉬는
흰머리 파뿌리 같은 늙으신 어머니

# 지리산(智異山)


나는 아직 그 더벅머리 이름을 모른다
밤이 깊으면 여우처럼 몰래
누나 방으로 숨어들던 산사내
봉창으로 다가와 노루발과 다래를 건네주며
씽긋 웃던 큰 발 만질라치면
어느새 뒷담을 타고 사라지던 사내
벙뎀이 감시초에서 총알이 날고
뒷산에 수색대의 관솔불이 일렁여도
검은 손은 어김없이 찾아와 칡뿌리를 내밀었다
기슭을 타고 온 놀란 짐승을 안고
끓는 밤 숨죽이던 누나가
보따리를 싸 산으로 도망간 건 그날밤
노린내 나는 피를 흘리며 사내는
대창에 찔려 뒷담에 걸려 있었다
지서에서 돌아온 아버지가 대밭에 숨고
집이 불타도 누나는 오지 않았다
이웃 동네에 내려온 만삭의 처녀가

밤을 도와 싱싱한 사내애를 낳고 갔다는 소문이 퍼졌을 뿐

# 공사장 끝에

"지금 부서버릴까"

"안돼, 오늘밤은 자게 하고 내일 아침에……"

"안돼, 오늘밤은 오늘밤은이 벌써 며칠째야? 소장이
알면……"

"그래도 안돼……"

두런두런 인부들 목소리 꿈결처럼 섞이어 들려오는

루핑집 안 단칸 벽에 기대어 그 여자

작은 발이 삐져나온 어린것들을

불빛인 듯 덮어주고는

가만히 일어나 앉아

칠흑처럼 깜깜한 밖을 내다본다

# 1956년

엄니 엄니 울 엄니
챙이나 장수 울 엄니
미나리밭에 푸르른 웅덩이에 해 떨어진다
밀꽃이 이울어도 오지 않는 울 엄니
치자꽃이 날려도 오지 않는 울 엄니
별이 가고 달이 가도 오지 않는 울 엄니
오늘 석양엔 또 어느 주막집 거리에 서서
길을 묻고 있을까
산여우가 숨어 울면 가만가만 가오
돌장승이 우뚝 서면 쉬었다 가오
고개 고개 넘어 마을을 찾아
호롱불빛 깜빡 새는
남의네 처마를 찾아
풀비린내 역한 삼베치마 허리에 졸라매고
별빛 아래 가고 있을 울 엄니

# 옛동산

우리 고향 웃사둘 마을에는 감이 익겠지
학교에서 돌아오면 나무에 올라
주린 배를 참으며 노래 불렀지
가을볕 부신 햇살에 감이 익어라고
푸른 하늘 한가득 서리 묻은 감이 익어라고
가지 가지 사이로 머리통을 흔들며
노래 슬픈 노래 불렀지
아 길태는 어데 갔노
저녁이 지날 때까지 나무에 달라붙어
연기 오르지 않는 빈 굴뚝을 바라보며
작은 주먹으로 눈물 훔치던
아 길태는 어데 갔노
다리 저는 홀어머니 감나무 밑에 남겨둔 채

# 늙은 이모전(傳)

강 건넛마을에 수절해 사는 이모는
살결 회기가 백옥 같았다
봄 여름 가을에는 홀로 농사를 짓고
겨울이면 우리집에 와
수의도 짓고 침모도 살았다
눈이 자로 쌓인 어느날 밤
나는 잠결에 이모 목소리를 듣고 깜짝 놀랐다
"이런 좋은 분홍눈 오시는 날
호랑이나 와서 날 덜컥 물어갔으면!"
가만히 일어나보니
이모는 홍조로 밝게 물든 얼굴을
미닫이에 대고 속삭이는 것이었다
나는 그런 이모가 좋았다
뒷울 감나무에는 눈이 휘어지게 내리고
자고 일어나면 강물도 쾅쾅 얼어붙어
이모도 집에 갈 수 없었으면 했다

# 형제들을 위하여

1897년생인 우리 아버지가 이 세상에 와서

뻑적지근하게 이룬 것이 있다면

그것은 자식을 열이나 낳았다는 것이다

한 배에서가 아니고 두 배에서지만

그리고 다 살리진 못하고 그중에 여섯이나

당신 손으로 뒷산 애장터에 묻어야 했지만

오늘밤 아파트 창문을 활짝 열어놓고 일생 농군 학생

부군(學生府君)께 술 한잔 올리니

어려서 죽은 우리 형제들이 천릿길을 달려와 애기두루

마기 차림으로

이 방 저 방에 TV 앞에 시집간 누이들 틈서리에 듬성

듬성 앉아 있는 것 같으이다

삼식(三植)이 형님 기식(奇植)이 형님 일학년짜리 명식

(明植)이 형 해방둥이 명자(明子) 누나

나보다 두 살 위 후식(厚植)이 형 이름도 없이 가물거

리는 내 아랫동생

초헌 아헌 종헌이 끝나고 다 함께 음복하고 검은 재와

함께 새벽별 스러질 때까지
　내 핏속에 애기들의 여린 숨결 속에 살아
　어서 가자고 칭얼대는 어린 동생을 달래가며
　밤새도록 도란도란 이야기하고 있는 것 같으이다

# 과천서 서울로

과천서 사당동으로 넘어오는 까치고개에
차들이 막혀 있다
눈이 펑펑 내린다 갈 수 없다
옛날엔 이 길로 과객(過客)들이 줄 이었겠지
도포에 뻐딱한 갓끈에 조랑말을 타고 구종배 거느리고
등짐에 새우젓에 괴나리봇짐에 허리 잔뜩 구부리고
유학하러 과거 보러 장사하러 하인배 자리 취직하러
게 누구 없느냐, 예, 예, 국밥 그릇 부딪는 소리 술국 뎁
히는 소리 솥뚜껑 여닫는 소리 애 우는 소리 애어미 쥐어
박는 소리 말 여물 씹는 소리 툴툴거리는 소리

옛날에 우리도 기차를 타고 왔지
서울역에 내리면 집찰구 쇠난간 위에 떡하니 버티고
선 장승 같은 사내가
긴 장대를 눕혀 줄을 세우며 줄 밖으로 벗어나면 어깻
죽지를 마구 내리쳤지
밤이면 무서워 바라크 방에서 새우처럼 웅크리고 자던

우리

    이렇게 눈 펑펑 날리는 날

    어디서 무엇들 하고 있는지

    취직들은 했는지 과거는커녕 순경시험에도 붙었다는
사람은 없고

    콩나물 장사라도 잘하는지

    이제는 두셋씩의 애비가 되어 있을 꾀복쟁이 얼굴들


    눈은 펑펑 내리고

    차들은 한 발짝도 더 나갈 수 없고

    고갯길 위에서 호루라기 소리 다투는 소리 바둥거리는
소리 야 이 개새끼야, 뺨따귀 갈기는 소리 멱살 잡는 소
리 수백 대의 차들이 뒤로 밀리며 빵빵거리는 소리

# 우리 마을 택호(宅號)풀이

우리 마을 아낙들은 나이 오십이 넘어 귀밑머리에 새
털이 돋을 때까지도 늘 하나씩의 고향을 지니고 살아가
는 것이었다. 구성 새마을서 시집왔다 하여 새터댁 승주
군 삽치고개 너머서 시집왔다 하여 삽재댁 웃대내서 왔
다 하여 웃대내댁 안대내에서 왔다 하여 안대내댁 메산
잇골에서 왔다 하여 메산잇댁 간전면 홍대리에서 왔다
하여 홍대댁 바더리 서쪽에 있는 들에서 왔다 하여 잔지
내댁 서당동에서 왔다 하여 서당골댁 향교 동네에서 왔
다 하여 생기몰댁 상촌 동남쪽에서 왔다 하여 바저울댁
대죽골 서쪽 등성이에서 왔다 하여 부뭇등댁 절골에서
왔다 하여 절골댁 산태구미에서 왔다 하여 동매댁 마당
재 너머에서 왔다 하여 마당재댁 당치에서 왔다 하여 당
재댁 죽안 들에서 왔다 하여 고라실댁 구만리에서 왔다
하여 구만댁 가는젱이에서 왔다 하여 가는정댁 뿔당골
북쪽 골짜기에서 왔다 하여 통시골댁 개버들에서 왔다
하여 버드실댁 고사평댁 섬들댁 개정지댁 납재댁 바른골
댁 담안댁 발막댁 서냉기댁 서무니댁 손매댁 외앗등댁

화얏들댁 대수골댁 냉천댁 당그래골댁 횟골댁 수와대댁 아랫솨대댁 둔사치댁 배촌댁 새치미댁 달계댁 왼다몰댁 성재댁 더렁이댁 달뜨기댁 가작굴댁 간동댁 골몰댁 월등댁 야동댁 밤재댁 잿말댁 외산댁 내산댁 용두댁 배틀재댁 넙들댁 황새몰댁 정쟁잇댁 갑산댁 한평댁 한들댁 됭편댁 구식막댁 지왓골댁 능쟁이댁 봉동댁 봉산댁 수월댁 들이 어디서 비를 그었는지 앞서거니 뒤서거니 와자지껄 쏟아져나와 머리마다 빈 대소쿠리며 농약병이며 호미며 새참거리들을 이고 쏘내기 그친 쨍한 통새밋들로 막 내려서는 것이었다. 어디서 진한 풋깻잎 익는 냄새가 났다.

# 첫 수업

남(藍)색 통바지 저고리에 버선을 신고
그 위에 남색 두루마기를 입고 시오릿길을 걸어
첫 학교에 갔다
일학년 일반 김병기 담임선생님이 내 이름을 부르자
아이들이 돌아보며 와아 웃었다
돌아오는 길에 나는 그놈의 발버선을 벗어
냇갈둑 돌자갈 밑에 꽁꽁 묻었다
1956년 4월
장다리밭 위의 껑충한 하늘이 남빛으로 푸르던 날

# 풍경

강남구 대치동 너른 들에 아파트 단지가 들어서자
술 잘 먹고 싸움 잘하던 이 동네 농사꾼 박씨는
파란 제복을 입은 27동 경비원 아저씨가 되고
애 잘 낳고 노래 잘하던 그의 아내는
허드렛 양장을 걸친 13동 계단청소 아줌마가 되어
아침마다 나란히 관리사무소 앞에 도열해 서서
"열중 쉬어" "차렷"에 따라
매일 아침 그 소리가 그 소리인 관리소장의 지리한 훈
시에 이어
하도 외어 너덜너덜해진 관리자 근무수칙을 또 한번
복창하고는
아침 햇살 받으며 각자의 일터로 쫓기듯 서둘러 간다

# 종고모

종고모부는 일찍 돌아가시고
종고모 한 분이 전라북도 운봉에 사는데
머리가 희끗하고 한쪽 다리를 절었다
해마다 한 차례씩 흰옷자락 날리며
추수 끝난 빈들을 가로질러 옛 친정을 찾았는데
허위허위 동구 앞에 닿자마자 울음부터 터뜨리는 것이
었다
"아이고 오라부니 아이고 오라부니
　내 명년 가실에도 큰아부님 제사에 대여 올는지 모르
겠소.
　이년이 철없을 적 가차운 아랫녘으로나 시집보내
　우리 형제 조석으로 그립운 얼굴 마주 대고 살게 할 일
이지
　뭐할라꼬 이년을 골 깊고 산 험헌 운봉골로 내쳐서
　한 해에 한 분밖에 못 대이게 허는 것이오."
　석양 나절 긴 그림자 드리우고 볏가리 밑에서 낫을 갈
던 아버지가

그 소리를 듣고는 "아 언년이 동생이 온 모양이시" 하며
두 눈에 금방 불콰한 이슬을 머금고는 고샅으로 막 내
달아가는 것이었다

# 어느 하오(下午)


미군부대 철조망 담 너머로 밤꽃이 참 휘어지게 피었다
그 옆을 지나던 흑인병사 하나가 갑자기 쇠몽둥이 같
은 좆을 꺼내어
밑둥치에 대고 오줌을 갈기고 있다
함박 웃던 밤꽃이 웃음을 딱 그치고
깊숙이 들어온 그 좆대강이를 바르르 노려보고 있다
방공호가 파놓은 헐벗은 산야 위로 하늘하늘 밤꽃이
지다

제2부

# 학

누구의 날지 못한 마음이
저토록 수많은 종이학을 접어 날렸나
깊은 겨울 이른 아침 매서운 칼바람에 창문을 고쳐 달
다가
아 저 눈밭에 가쁜 숨을 몰아대며 추락한
누군가의 아기학 아기학 아기학들……

# 거울 앞에서

어둠속의 불안한 눈동자,
못자국처럼 숭숭 뚫린 성긴 턱수염 자국,
밤새워 먼 길을 달려온 이슬 맺힌 눈썹은 거기 있어라

# 벽

벽 속에서 귀뚜리가 운다
씨멘트와 씨멘트의 틈서리가 좁다는 듯이
아니 그곳이 무슨 커다란 자랑이기라도 한 듯이
풀내 나는 수염을 빳빳이 세워올리며
초록 귀뚜리가 운다

문밖에 가을이 곧 큰 그림자로 다가서려나보다

# 행렬

벌레들이 밤새도록 울면서
거대한 씨멘트 담의 몇만분의 일쯤을 기어이 뚫어놓
는다
어디서 모여왔는지
아침이면 연둣빛 코끝의 새끼벌레들이
그 구멍 속을 열심히 들락거리며
새 먹이를 물어나르고 있다

햇빛 아래 씨멘트 담을 뒤덮는
키작은 잔디들의 행렬이 파랗다

# 오동도

이 바람 지나면 동백꽃 핀다
바다여 하늘이여 한 사나흘 꽝꽝 추워라

# 신설(新雪)

적막한 하늘에 눈보라가 인다
너절한 신춘문예 당선소설을 읽다가
혹은 메모수첩의 오늘의 약속란을 읽다가
문득 눈을 들어
살아 있는 나뭇가지를 툭툭 부러뜨리며 오는
올해의 시원스런 눈을 본다

# 대설

당신이 떠난 다음날 첫눈이 내리기 시작했습니다. 아침 출근길의 타이어 바퀴에 분가루처럼 묻어나던 고운 눈은 저녁이 되면서부터 대설(大雪)로 변하기 시작, 제일 먼저 마포대교를 가로막았습니다. 다리를 건너기 위해 모여든 모든 차량의 지붕들마다 흰눈이 자로 쌓여 요란한 경적과 헤드라이트에도 불구하고 그것들은 장난감 나라의 이상한 장난감처럼만 보였습니다.

우리 모두는 차를 버리고 걷기 시작했습니다. 흰눈이 내려 길이란 길은 모두 지워져버렸지만 빌딩이란 빌딩은 모두 반짝이는 경고등만을 꼭대기에 매단 채 눈더미 속에 묻혀버렸지만 우리는 포장마차들이 진치고 있던 뒷골목들을 어림잡아 걸었습니다. 참새들의 뒷다리가 석쇠 위에 뜨겁던 포장마차도 무거운 눈송이들을 머리에 인 채 찌그러져 있었습니다. 바람 부는 날 우리가 찾아들던 일박여관의 아크릴 간판도 불을 끈 채 잠들어 있었습니다. 밤새워 목청을 높이던 TV의 청문회장도 눈 속에 묻혀버렸습니다. 백담사로 가는 길도 해인사로 가는 길도 막혀버렸습니다. 세상의 소리란 소리, 불빛이란 불빛은 모두 지워져버렸습니다. 밤새도록 내리고 있는 것은 하늘의 눈, 지상의 소음이란 정처없는 우리들의 발자욱 소리뿐이었습니다. 그러나 눈이 더 내리기 시작하자 발자욱 소리도 이내 지워져버렸습니다.

당신이 떠난 다음 다음날 새벽에도 고운 눈이 내렸습니다. 아기를 재워놓고 문밖에 나간 아내들도 문밖에서 그대로 잠들어버렸습니다. 아내들의 귀밑머리에도 새 눈이 소복소복 쌓였습니다. 이 세상 잠들 것은 다 잠든 뒤, 하늘의 흰눈만이 주인 되어 이 세상을 덮은 뒤 어디서 낯익은 차임벨 소리와 함께 둔탁하게 바퀴 멈추는 소리가 났습니다. 그리고 두세두세하는 목소리에 이어 노란 조끼의 사내들이 내렸습니다. "뭔 눈이 이렇게 많이 내렸다냐?" "지미랄! 이 눈 다 치울려면 한 달은 더 걸리겠네." "어이 박, 게서 꾸물거리지 말고 그 가래 좀 이리 줘!"

현관문 안에서 아기들의 울음소리가 크게 울리기 시작했습니다.

# 자랑스런 날

내가 깨어진 한 여자와의 사랑에 연연해하며
길을 가고 있을 때
그 여자들은 왔다 신록 사이로.
한쪽 손에는 아이스크림을 들고 다른 손에는 댓가지
빽들을 들고.
시립부녀복지회관에서 나오는 여자들이었을까
평범한 블라우스에 넓은 스커트, 서툰 화장솜씨에도
불구하고
그들의 얼굴엔 생활의 무게가 주는 겸허와
일하면서 사는 자의 자랑이 빛나고 있었다
사람이 희망을 갖고 산다는 게 무엇인가
하루종일 일을 하고 나오다가 저처럼 수수한 얼굴로
아이스크림을 빨며 혹은 댓가지 빽을 흔들며
저녁길로 나서는 것이 아닐까
몇걸음 걷다가 나는 돌아서서 그들을 바라보았다
바로 그때였다 무거운 짐트럭 한 대가 식식거리며 다
가와

짧은 상고머리를 내밀며

쌍년들! 어쩌고 하면서 투덜거리다가 이내 사라졌다

여자들의 대오가 잠시 벽 쪽으로 밀려났다가 다시 모이며

이번에는 신록 우거진 사이로 아랫배까지 시원한 웃음소리가 들려왔다

# 내가 언제

시인이란, 그가 진정한 시인이라면
우주의 사업에 동참할 수 있어야 한다

그러나 내가 언제 나의 입김으로
더운 꽃 한 송이 피워낸 적 있는가
내가 언제 나의 눈물로
이슬 한 방울 지상에 내린 적 있는가
내가 언제 나의 손길로
광원(曠原)을 거쳐서 내게 달려온 고독한 바람의 잔등을
잠재운 적 있는가 쓰다듬은 적 있는가

## 봄논

마른논에 우쭐우쭐 아직 찬 봇물 들어가는 소리
앗 뜨거라! 시린 논이 진저리치며 제 은빛 등 타닥타닥
뒤집는 소리

# 시(詩)

화살 하나가 공중을 가르고 과녁에 박혀
전신을 떨듯이
나는 나의 언어가
바람 속을 뚫고 누군가의 가슴에 닿아
마구 떨리면서 깊어졌으면 좋겠다
불씨처럼
아니 온몸의 사랑의 첫 발성처럼

# 가을날

잠자리 한 마리가 감나무 가지 끝에 앉아
종일을 졸고 있다
바람이 불어도 흔들리지 않고
차가운 소나기가 가지를 후려쳐도
옮겨앉지 않는다
가만히 다가가보니
거기 그대로 그만 아슬히 입적하시었다

# 나무에게

어느날 내게 바람 불어와
잎새들이 끄떡끄떡하는구나
내가 네 발밑에 오줌을 누고 돌아설 때
수많은 정다운 얼굴로 알은체를 하는구나
그러나 오늘은 돌아서자
수많은 오늘 같은 내일의 날이 지난 뒤
내가 불현듯 참다운 네가 되어 돌아오마

# 족적(足跡)


나른한 한낮을 계사 속의 닭들이 또 정신없이 운다
저것들은 평생 날지도 못하면서 계사 속에만 틀어박혀
지금이 아침인지 저녁인지도 모르면서 희미한 눈으로

그 옆의 계사보다 반듯한 건물에 갇혀 닭똥내를 맡으며
나는 늙은 퇴계들의 신성한 원고에
박박 붉은 줄을 그으며 쓴웃음을 지으며

계사 속의 닭들이 뜨거운 알을 낳고
자랑스레 둥지를 차고 대지에 내려앉듯
지상에서의 뜨거운 나의 삶은 어디에 있는 것이냐
나는 우선 나를 필요치 않는 이 직장을
나의 두 발로 힘껏 걷어차고 나갈 것이다
대지 위에 나의 희미한 발자국이 푹푹 찍히도록

# 마음의 고향 4
가지 않은 길

내 생에 그런 기쁜 길이 남아 있을까
중학 1학년,
새벽밥 일찍 먹고 한 손엔 책가방,
한 손엔 영어 단어장 들고
가름쟁이 콩밭 사잇길로 사잇길로 시오리를 가로질러
읍내 중학교 운동장에 도착하면
막 떠오르기 시작한 아침해에
함뿍 젖은 아랫도리가 모락모락 흰 김을 뿜으며 반짝
이던,
간혹 거기까지 잘못 따라온 콩밭 이슬 머금은
작은 청개구리가 영롱한 눈동자를 이리저리 굴리며 팔
짝 튀어 달아나던,
내 생에 그런 기쁜 길을 다시 한번 걸을 수 있을까

# 목숨

사람의 목숨이란 것도 저 나무의 나뭇잎과 같아서
어느날 바람결에 뚝 떨어져
발밑에 사뿐히 가라앉을 수만 있다면
가라앉아 어디로 흘러갔으면

대저 사람의 일이란 그렇지를 못해
오늘도 한 목숨 옆방에서 내 이름을 애타게 부르고 있
으니

# 어느날 죽음이……

어느날 죽음이 나를 따라와 함께 누웠다
죽음은 나와 함께 일어나 세수하고
나와 함께 출근하여 사무를 보고
나와 함께 퇴근하여 인사동에 가 한잔하다가
나와 함께 집에 돌아와 같이 눕는다

어느날 죽음이 나를 따라와 함께 누웠다
죽음은 나보다 먼저 일어나 내 칫솔로 양치질하고
나보다 먼저 출근하여 내 이름 위에 선명한 제 도장을
찍고
나보다 먼저 퇴근하여 인사동에 가 내 친구들과 함께
한잔하다가
나보다 먼저 집에 돌아와 나를 기다린다

어느날 죽음이 나를 따라와 함께 누웠다
죽음은 이제 나를 잊은 채 저 홀로 일어나 세수하고 양
치질하고

나를 잊은 채 저 홀로 출근하여 내 사무를 보고
저 홀로 퇴근하여 내 친구들과 함께 한잔하다가
나를 잊은 채 저 홀로 내 집에 돌아와
내 가족들 속에서 천천히 늦은 저녁식사를 한다

어느날 죽음이 나를 따라와 함께 누웠다
그러나 나는 지금 어디에 있는가?

# 가을의 소원

내 나이 마흔일곱, 나 앞으로 무슨 큰일을 할 것 같지도 않고 (진즉 그것을 알았어야지!) 틈나면 (실업자라면 더욱 좋고) 남원에서 곡성 거쳐 구례 가는 섬진강 길을 머리 위의 굵은 밀잠자리떼 동무 삼아 터덜터덜 걷다가 거기 압록 지나 강변횟집에 들러 아직도 곰의 손발을 지닌 곰금주의 두툼한 어깨를 툭 치며 맑디맑은 공기 속에서 소처럼 한번 씨익 웃어보는 일!

## 어느 아침


대설주의보가 풀린 날 아침

까치네 집이 있는 높다란 가지 끝에서

하얀 눈을 뒤집어쓴 까치네 새끼들이 빨간 목젖을 있

는 대로 드러낸 채

즐거운 노랫소리를 합창하고 있었습니다

# 마음의 고향 6
초설(初雪)


내 마음의 고향은 이제

참새떼 와자히 내려앉는 대숲마을의

노오란 초가을의 초가지붕에 있지 아니하고

내 마음의 고향은 이제

토란잎에 후두둑 빗방울 스치고 가는

여름날의 고요 적막한 뒤란에 있지 아니하고

내 마음의 고향은 이제

추수 끝난 빈 들판을 쿵쿵 울리며 가는

서늘한 뜨거운 기적소리에 있지 아니하고

내 마음의 고향은 이제

빈 들길을 걸어 걸어 흰옷자락 날리며

서울로 가는 순이 누나의 파르라한 옷고름에 있지 아니하고

내 마음의 고향은 이제

아늑한 상큼한 짚벼늘에 파묻혀

나를 부르는 소리도 잊어버린 채

까닭 모를 굵은 눈물 흘리던 그 어린 저녁 무렵에도 있

지 아니하고
　내 마음의 고향은
　싸락눈 홀로 이마에 받으며
　내가 그 어둑한 신작로 길로 나섰을 때 끝났다
　눈 위로 막 얼어붙기 시작한
　작디작은 수레바퀴 자국을 뒤에 남기며

# 북어(北魚)


자네 요즘 좀 이상해.

도대체 몸은 어디다 두고 다니는 거야?

오늘 아침 회의시간엔 멀쩡히 나오지도 않고

안경도 쓰지 않고.


뭐라구?

한쪽 영혼을 깨끗이 비워놓고 살라구?

그래야 그 속으로 새소리도

어젯밤의 신의 노한 음성도 들을 수 있다구?


그렇군,

그렇지,

아마 그럴 거야.

그런데 자네 지금, 뭐하고 있는 거야?

몸은 어디 갔어?

그 날래던, 바싹 마른 영혼은?

# 사이

가로수들이 촉촉이 비에 젖는다
지우산을 쓰고 옛날처럼 길을 건너는 한 노인이 있었다
적막하다

# 석양녘

가을이 깊어가자 수수는 잘 익어 고개를 푹 수그리고 산두밭 사잇길로 무거운 쟁기를 끌고 오던 소가 갑자기 뒷발질로 송아지 뱃구레를 지른다. 매애하고 수수밭 속으로 뛰어든 송아지가 와삭와삭 수숫대를 훔치다 말고 놀란 눈으로 미끈한 하늘에 불끈 솟는 피비린 노을 기둥을 본다.

# 화살

새끼 새 한 마리가 우듬지 끝에서 재주를 넘다가
그만 벼랑 아래로 굴러떨어졌다
먼 길을 가던 엄마 새가 온 하늘을 가르며
쏜살같이 급강하한다

세계가 적요하다

# 신생(新生)


겨울나무의 찬 가지 위로 올해의 가장
매서운 눈보라가 휩쓸고 지나가자
땅속의 앞 못 보는 애벌레들이 제일 먼저 알고
발그레한 하품을 한다.

## 애련(哀憐)


이 밤 깊은 산 어느 골짜구니에선 어둑한 곰이 앞발을 공순히 모두고 앉아 제 새끼의 어리고 부산스런 등을 이윽한 눈길로 바라보고 있겠다.

# 문화이발관

대방동 구불구불 옛 골목길 문화이발관이 아직도 거기
있네
흰 수건을 탁탁 빨아 새하얗게 걸어놓은 집
아침이면 물 뿌린 거기로 제일 먼저 따스한 햇살이 모
이고
저녁이면 금성라디오가 잔잔히 흘러나오던 곳
동네 처녀들 알전구 환한 불빛을 피해 숨어다녔지
공군회관에선 한때 춤으로 날렸다나
얽은 얼굴이지만 백구두에 씩씩한 맘보바지, 바지런
한 손
말할 때마다 거울 속에서 쫑긋쫑긋 웃는 선량한 귀
밤꽃 향기 아래 굵은 팔뚝이 자랑이던 우리들의 영웅
그 짙은 포마드 향기는 다 어디로 갔나
이제는 하얀 중늙은이가 되어
옛 철봉대 아래 그윽이 웃고 있네
문화이발관

# 야옹(夜翁)

한여름 양철 지붕 위의 뜨거운 고양이 한 마리가 늘어지게 하품을 하다가 건너편 화장실의 내 눈과 딱 마주치자 발끝까지 환한 웃음을 한번 웃고는 재빨리 짐승의 꼬리를 내리고 한낮의 컴컴한 어둠속으로 사라져가시다.

제3부

# 골짜기

"시웅이 갸가 요지음 놀고 있는갑습디다요……"
"어찌 그까 이……"
"………"
"………"


어느 초라한 무덤가에 빈 소주병 하나
그리고 빗물에 방금 씻긴 듯한 깨끗한 종이컵 하나

# 물맞이

반내골로 물 맞으러 갔다가 보았다. 우리 어머니들의
육덕이 얼마나 좋은지를. 까마득한 벼랑에서 곤추선 성
난 물줄기들이 쏟아져내리는데 그 아래 새하얀 젖가슴과
그리메 같은 엉덩이를 환히 드러낸 어머니들이 "어 씨언
타! 어 씨언타!"를 연발하며 등줄기로 거대한 물좆 같은
벼락을 맞는데 하늘벼랑의 어딘가에선 정말로 "우히히!
우히히!" 하는 말 울음소리 같기도 한 사내들의 웃음소
리가 끊이지 않고 들려왔다. 그러거나 말거나 어머니들
은 국솥 걸고 밥 끓이며 자연 속에서 아무런 부끄럼도 없
이 하루를 잘 놀다가 왔는데 이튿날 아침 일어나보니 아
프던 내 다리도 멀쩡해졌을 뿐만 아니라 밭일을 나가는
어머니들의 다리는 더욱 가뿐하여 대지를 핑핑 날아다
녔다.

# 섬뜸

섬진강변의 거대한 삼각주가 어린 소몰이꾼들의 차지였을 때 수만평의 드넓은 초원은 소들의 천국이었고 은모래 아름다운 사구(砂丘)는 우리들의 놀이터였다. 소나기라도 퍼붓는 날이면 우리는 모래언덕에 옷들을 파묻어놓고 강물 속에 뛰어들곤 하였는데 은어가 작은 입을 옴짓거리며 거슬러오르는 강물 속은 의외로 조용하여 딴세상 같았다. 땡볕에 등을 덴 어린 쇠아치들이 우리처럼 간혹 강을 헤엄쳐 건너가 건너편 수박밭 주인에게 이리저리 쫓기며 혼쭐이 나기도 했지만 석양녘이면 늘 어미 곁으로 돌아와 다소곳하였다. 밭일을 마친 홰내 일꾼들이 주먹으로 수박을 깨뜨려 먹으며 알통을 드러내고 더운 몸을 닦던 곳, 그리고 밤이면 상류에서 씻기며 흘러온 세 모래들이 세상에서 가장 아름다운 물결무늬 언덕을 만들며 또 낳던 곳.

# 여름

은어가 익는 철이었을 것이다. 아니다. 수박이 익는 철이었다. 통통하게 알을 밴 섬진강 은어들이 더운 몸을 더이상은 참을 수가 없어 찬물을 찾아 상류로 상류로 은빛 등을 파닥이며 거슬러오를 때였다. 그러면 거기 간전면 동방천 아이들이나 마산면 냉천리 아이들은 메기 입을한 채 바께쓰를 들고 여울에 걸터앉아 한나절이면 수백마리의 알 밴 은어들을 생으로 훑어가곤 하였으니, 지금와 생각해보면 참으로 끔찍한 일이지만, 그런 밤이면 더운 우리 온몸에서도 마구 수박내가 나고 우리도 하늘의어딘가를 향해 은하수처럼 끝없이 하얗게 거슬러오르는꿈을 꾸었다.

# 푸른 제복

양지다방에서 내려다보면 구례읍 로터리의 교통순경은 늘 그 사람이었다. 푸른색 상의에 남색 바지, 가슴과 등에 X자로 흘러내리는 흰색 벨트를 메고 챙이 짧은 경찰모에 어깨에 잎사귀 견장을 붙인 그가 원통형의 교통지휘대에 올라서서 멋진 수신호와 함께 다람쥐처럼 은빛 호각을 불어제끼면 구례읍으로 들어오는 모든 차들은 일단 멈춤을 했다가 그의 손길이 머무는 곳으로 움직였다. 하루에 대여섯 차례씩 들락거리는 광주발 부산행 시외버스나 순천발 남원행 완행버스가 전부이긴 했으나 아침햇살을 등에 받으며 로터리를 지나 읍내 중학교로 등교할 때마다 우리는 고동색 경찰서 정문을 배경으로 들려오는 그의 간단없는 호각소리에 깜짝깜짝 놀라며 걸음을 빨리하곤 하였으니, 키가 작달막하고 박정희처럼 뒤꼭지가 툭 튀어나온 그가 거기 서 있다는 것만으로도 장날의 우마차꾼들이나 지게꾼들에겐 큰 위협이었을 것이다. 하루는 어느 나무꾼이 마른 장작짐을 지고 북문 쪽으로 길을 건너다 호각소리에 혼비백산하는 것을 보았고 송아지를 달고 나온 농부의 착한 소가 놀라서 아스팔트 위에 푸른 똥을 싸는 것을 보았다. 그러거나 말거나 그는 모든 질주하는 것들의 안내자이자 길의 활달한 통제사. 로터리의 한쪽은 군청과 병원이고 다른 쪽은 학교였는데 어쩌다 하교길에 교통 지휘대에 선 그가 안 보이면 읍내 거리가 일시에 통제기능을 잃고 비틀거리는 것처럼 보였다. 20년 뒤 정년퇴직할 때까지 그는 그렇게 오랫동안 구례읍의 푸른 근대의 상징이자 뒤꼭지가 툭 튀어나온 권력의 작은 집행자. 그의 호각소리가 등뒤에서 들리지 않는 날이면 사나운 개들도 무척 심심해하였다.

# 조개의 죽음

    겨울 아침, 커다란 제주홍합이 횟집 사내의 거친 얼굴에 와락 바다의 붉은 속살을 토해놓곤 천천히 입을 다문다.

# 잠들기 전에

내 영혼은 오늘도 꽁무니에 반딧불이를 켜고 시골집으로 갔다가 밤새워 맑은 이슬이 되어 토란잎 위를 구르다가 햇볕 쨍쨍한 날 깜장고무신을 타고 신나게 봇도랑을 따라 흐르다가 이제는 의젓한 중학생이 되어 기나긴 목화밭 길을 걷다가 느닷없이 출근했다가 아몬드에서 한잔 하다가 밤늦은 시간 가로수 긴 그림자를 넘어 언덕길을 오르다가 다시 출근했다가 이번에는 본 적 없는 어느 광막한 호숫가에 이르러 꽁무니의 반딧불이도 끄고 다소간의 눈물 흘리다.

# 몽골 시편 1

풀을 뜯던 말들이 간혹 그 선량한 얼굴을 들어 바람 불어오는 쪽으로 고개를 주억거리고 있는 것을 보면, 때는 바야흐로 석양 무렵이고, 말들에게도 일말의 애수가 있다는 것을 금방 느끼게 된다.

# 1974년 11월

1974년 11월 18일 오전 열시 지금의 교보빌딩 자리인 세종로 의사회관 계단. 고은 선생이 '자유실천문인협의회 1백 1인 선언'의 결의문을 읽고 있었다. "언론 출판 집회 결사 및 신앙 사상의 자유는……" 경찰이 들이닥쳐 고 선생의 입을 틀어막고 그의 팔을 사정없이 나꿔채갔다. "우리는 중단하지 않는다"는 플래카드를 펼쳐든 내 뒤에서 석영이 형이 급박한 목소리로 나머지 대목을 읽어나갔다. "서민 대중의 기본적 생존권을 보장하기 위한 획기적……" 이번에는 당황한 경찰이 그쪽으로 몰려가 그를 막 덮치려고 할 때였다. 스크럼을 짠 30여명의 문인들이 "유신헌법 철폐하라!" "시인 석방하라!"는 구호를 연달아 외치며 완강히 저항하자 경찰이 곤봉을 꺼내어 마구 휘두르기 시작하면서 그날의 집회는 끝났다. 그리고 양쪽 겨드랑이를 단단히 잡힌 채 철망이 쳐진 경찰 호송차에 오르자 거기에 당연히 있을 줄 알았던 석영이 형이 보이지 않았다. 버스가 출발하면서 보니 건너편 보도 위에서 그가 V자를 그려 보이며 유유히 웃고 있었다.

# '민중의 소리' 방송

　노태우 대통령 시절, 너무 많은 수감 학생들로 인해 서울구치소가 잠시 해방구처럼 보일 때가 있었다. 그중 하나가 밤 여덟시면 일제히 쇠창살을 치면서 시작되는 학생들의 '민중의 소리' 방송이었는데 "투쟁! 투쟁! 투쟁!" 하는 쨍쨍한 구호와 함께 화장실 벽에 개구리처럼 찰싹 달라붙어 저 아랫배의 젖 먹던 힘까지를 짜내어 밤 허공에 대고 외치던 이 육성 방송은 그날따라 나의 입소를 환영하는 것이었다. "동지 여러분! 어젯밤 이시영 시인이 저 간악한 노태우 일당과 그 하수인인 안기부놈들에 의해 국가보안법이라는 천하 악법의 굴레를 쓰고 우리 구치소로 넘어왔습니다. 동지 여러분! 우리 모두 이시영 시인을 열렬히 환영합시다……" 운운의 그날의 방송 내용은 일일이 다 생각나지 않지만 정세분석 및 토론에 이어 향후 소내 투쟁지침 시달, 그리고 "여러분의 환영에 감사합니다" 어쩌구 하는 약간은 달뜬 나의 어눌한 답사로 끝을 맺었던 것 같은데 맨 마지막의 "투쟁! 투쟁! 투쟁!" 하는 선명한 구호와 함께 "동지 여러분! 그러면 안녕히 주무십시오"라는 서글픈 인사가 청계산 자락 깊은 밤하늘을 시큰하게 울리던 것만은 또렷이 기억할 수 있다.

# 1982년 여름

1982년 초여름 정본 김지하 시선집 『타는 목마름으로』를 만들어 에라 모르겠다, 삼수갑산을 가더라도 한번 원없이 팔아나보자며 그 무슨 문공부 납본필증 같은 것도 없이 전국 서점에 배포해버렸겠다. 아니나 다를까, 오년 가뭄에 단비 만나듯 시집은 그야말로 타는 목마름을 적시며 날개 돋친 듯 팔려나갔는데 이런, 연대 앞 어느 서점에서는 좀 흥분한 나머지 리어카에까지 싣고 들어가 학교 안에서 팔다가 안기부에 덜컥 걸리고 말았다. 그리고 나는 출근길에 곧장 남산으로! "너 이 새끼, 바른대로 말해! 몇부 찍었어?" "2천부 찍었습니다요." "뭐야 이 새꺄, 2천부? 너 우리를 뭘로 보는 거야? 우리가 지금 교보문고에서 확인한 것만도 2천부가 넘어 이 새꺄!"

결국 원효로 경신제책사를 급습한 수사진의 개가로 2만부 제작 사실이 밝혀지고 말았다. 그리고 이튿날 새벽까지 그 지하실에서 내가 겪은 수모는 말로 다 할 수 없다. 다만 하나, 입술이 퉁퉁 부어 있는 나에게 아침부터 까치처럼 반가운 손님 한 분이 찾아왔다는 것. "애들이 이거 이선생을 영 말이 아니게 만들어놨네. 우리에게 오신 손님을 이렇게 대하면 쓰나……" 그러고는 재빨리 나를 끌고 화장실로 들어가며 쥐의 눈빛으로 말했다. "오늘 나갑니다."

# 리치몬드 제과점

내가 좋아하는 T. S. 엘리엇의 시구에 그런 것이 있었다. "전차와 먼지투성이 나무들./하이베리가 나를 낳고 리치몬드와 큐우가/나를 망쳤네." 『황무지』 'III. 불의 설교' 편이었을 것이다. 대학교 초년생이던 나는 청바지 뒤포켓에 포켓판 엘리엇 시집을 넣고 다니며 그 구절을 외우곤 했다. "리치몬드와 큐우가/나를 망쳤네." 그런데 그 리치몬드가 마포에도 있었다. 80년대 초중반 내가 아침마다 술취한 머리를 흔들며 출근하던 골목길 초입, '창작과비평사'를 꼭 '창작과비판사'라 고쳐 부르는 본서 파출소 옆에 영국식 정장 차림으로 묵직히 제과점 간판을 달고. 오븐에서 막 첫 과자를 꺼낸 듯 고소한 냄새를 맡으며 골목을 오르면 중풍 걸린 사내가 지팡이를 짚고 내려오다 나만 보면 꼭 가래침을 뱉었다. 그것을 신호로 하루는 늘 언성 높은 싸움으로 시작해서 지끈거리는 오후로 마감하는 것이었지만 그래도 간혹 누가 전화를 하면 나는 달뜬 음성으로 거기 마포서 옆 리치몬드에서 기다리라 해놓고 부리나케 달려내려가곤 했다. 영국 제과학교를 정식으로 나와 늘 말끔한 얼굴과 위엄 있는 태도로 주문을 받던 주인. 지금도 리치몬드를 생각하면 첫사랑의 애인처럼 달콤한 군침이 돈다. 전차가 다니던 시절에 들어선 후 아직도 의젓이 버티고 선 귀밑머리 허연 리치몬드 제과점. 엘리엇의 다음 시구는 이렇게 이어진다. "리치몬드가에서 나는 무릎을 치켜올려 / 좁은 카누 바닥에 드러누웠었지. // 내 발은 무어게이트에, 내 마음은 / 나의 발밑에. 그 일이 있은 뒤 / 그는 울었지. 그는 새 출발을 약속했지만 / 나는 아무 말도 안했어. / 무엇을 내 원망하랴?"

# 홍조(紅潮)

내산 형수의 욕은 온 동네가 알아주는 욕이었다. 아침부터 새 샘가에서 쌀을 일다 말고 "저 자라처럼 목이 잘 쑥한 위인이 밤새도록 작은마누래 밑구녕을 게 새끼 구럭 드나들듯 들어갔다 나왔다 들어갔다 나왔다 해쌓더니만 새복에 글씨 부엌이서 코피를 한 사발이나 쏟고는 지금 비틀배틀 배틀재로 넘어가는구만" 하고는 돌아서서 코를 팽 풀다가 어린 나를 발견하고는 "아따 데름 오래간만이요 잉" 하며 잔주름이 접히는 상큼한 눈웃음을 웃으면 내 얼굴은 그만 홍조로 붉게 달아오르는 것이었다.

# 형제

  내 얼굴을 쓰다듬으며 누님은 살았을 적 키가 껑정한
아버지의 모습을 빼박았다 말하고 그런 누님을 가리켜
나는 젊었을 적 우물가에서 볼우물이 환한 웃음을 웃던
어머니의 옆얼굴을 그대로 닮았다고 했더니 수줍은 듯
호호 입을 가리고 웃었다. 찌는 듯한 여름 해가 좀체로
지지 않는 전주시 중노송동 노송탕 옆 반지하 셋방, 오랜
만에 우리 둘이는 서로의 시큰한 뼈들을 안고.

# 14K

어머님 돌아가셨을 때 보니 내가 끼워드린 14K 가락지를 가슴 위에 꼬옥 품고 누워 계셨습니다. 그 반지는 1972년 2월 바람 부는 졸업식장에서 내가 상으로 받은, 받자마자 그 자리에서 어머님의 다 닳은 손가락에 끼워드린 것으로, 여동생 말에 의하면 어머님은 그후로 그것을 단 하루도 손에서 놓아본 적이 없다고 합니다.

# 명당

　구례군 토지면 유점동 축좌(丑坐)는 내 할아버지의 무덤자리. 어릴 적 당숙들의 두루마기 자락을 따라 풀잎 이슬을 적시며 찾아간 적이 있다. 뒷산으로 천황재를 등지고 아래로는 너른 마산 벌을 내려다보는 아늑하면서도 앞이 탁 트인 곳이라 사람들이 지나면서 한마디씩 했다. 그런데 문제는 할머니의 유언. "나 죽거든 기다렸다가 네 아버님을 옮겨와 곁에 묻어달라"는 것이었다. 날짜 잡고 사람 불러 어느 포근한 봄날 아버지는 할아버지의 무덤을 열었겠다. 그런데 이게 웬일? 첫 삽을 뜨자마자 노오란 상서로운 구름이 하늘을 향해 맹렬히 뻗쳐오르는 것이었다. 놀란 동네 사람들이 달려오고 지관이 헛기침을 해대면서 아버지를 찾았다. 그리하여 순식간에 봉분을 다시 덮고 말았던 것인데, 그후로 할아버지 무덤은 집안의 명당 노릇을 하느라고 좋아하던 마나님 곁은 물론이고 어느 곳 유람 한번 못하시고 줄곧 한자리만 지키고 계시니 그 또한 고적할 것이라는 생각이 드는 것이었다.

# 실업

오십칠세의 아침에 그는 갑자기 실직자가 되었다. 그리하여 아주 천천히 일어나 겨울로 향한 보석 창문을 활짝 열어젖혔다.

# 노인

　이른 아침 논둑에서 풀짐을 가득 지고 일어서던 재용이 아버지가 내게 물었다
　"자네 올해 몇인가?"
　"쉰일곱입니다."
　"그렇담 내가 쉰여섯 해 전에 이 동네로 첫 장가를 왔어!"
　느티처럼 우람한 그의 등뒤에서 후끈한 여름의 내음이 확 풍겨왔다.

# 조드

영하 4, 50도를 오르내리는 강추위가 며칠간 지속되면 풀들이 사라진 지상에선 수백만 마리의 말과 양 들이 차가운 얼음 구덩이에 머리를 박고 얼어죽는다며, 그것이 바로 '조드'라고, 2, 3년 만에 한번씩 이 고원에 들이닥치고야 마는 대재앙이자 일종의 생태조절 기능이라고 그는 특히 두터운 목을 툭툭 꺾으며 말하는 것이었다.

# 아침의 장관

벵골만에 아침이 오면 수천의 벵골인들이 반월형의 바다를 향해 엉덩이를 까고 실례하고 있는 모습을 기차여행중인 어느 외국인 카메라가 잡고 말았는데, 그러거나 말거나 인도양에서 밀려온 시원한 파도가 막 일을 끝낸 그들의 아랫도리를 깨끗이 닦아주고 있는 모습은 바다에서 갓 솟구쳐오르는 아침해와 더불어 장관이었다.

# 자연

　조상들의 무덤은 반월처럼 둥두렷이 내 앞에 모습을 드러내었다. 잔을 올리고 있는 내 옆에서 육촌동생 응식이가 중얼거렸다. "빗돌이라도 하나씩 세우시지 그래요?" 그의 말에 의하면 외따로 멀리 계신 할아버지 무덤은 정수리 부분이 벗겨져 벌써 평토(平土)가 되어간다고 했다. 그때 막 이문구 형님의 말이 떠올랐다. "죽기 전에 내 손으로 다 평토를 만들어버리겠어!" 그래, 누가 와서 그들을 돌보겠는가? 그러나 오늘은 바람과 새들이 와서 그들을 따뜻이 돌보고 있었다.

# 책상 동무

중학교에 입학하고 나서 얼마 지나지 않아서였다. 달빛이 대숲에 하얗게 부서져내리는 밤, 웬 커다란 그림자 하나가 성큼성큼 걸어와 내 방 창문 앞에 쿵 하고 무언가를 부려놓았다. 아버지 등에 업혀 시오릿길을 꼬박 걸어온 옻칠이 반지르르한 앉은뱅이책상이었다.

## 풀꾼

어렸을 적 방아다리에 꼴 베러 나갔다가 꼴은 못 베고 손가락만 베어 선혈이 뚝뚝 듣는 왼손 검지손가락을 콩 잎으로 감싸쥐고 뛰어오는데 아버지처럼 젊은 들이 우렁우렁한 목소리로 다가서며 말했다. "괜찮다 아가 우지 마라! 괜찮다 아가 우지 마라!" 그뒤로 나는 들에서 제일 훌륭한 풀꾼이 되었다.

# 카길중학교에서

60여명의 레바논 민간인들이 숨진 카나 마을의 한 중학교 교실, 이스라엘군의 무차별 공습으로 집이 날아간 네 가족의 난민들이 모여 살고 있었다. 한 젊은 여인은 남동생을 잃었다고 했고 한 할머니는 장성한 아들을 잃었다고 했다. KBS 기자가 마이크를 들이대자 여인은 차도르 밖으로 드러난 검은 눈을 굴리면서 아무 말도 하지 않았고 할머니는 흐느끼면서 "이제 알라신밖에 의지할 곳은 없다. 그분께서 반드시 우리를 도와주실 것"이라고 힘주어 말했다.

# 하싼

하싼(45세)은 카슈미르에서 온 가장인데 열다섯살 때부터 30년 동안 인도 북서부의 히말라야 휴양도시 심라에서 짐꾼 노릇을 해왔다고 한다. 그는 오늘도 다른 노동자 둘과 함께 220킬로그램의 기름통을 공평히 등에 지고 5킬로가 넘는 언덕길을 무릎이 무너져내리기 직전까지 간신히 오르내리는데 정말이지 죽고 싶을 정도로 힘들 때는 "오 신이시여 저희를 도와주소서!"라고 외친다고 한다. 이슬람 사원을 개조해서 만든 미시케라는 공동숙소에서 오늘밤에도 잠들기 전에 그가 올리는 기도는 단하나! "이 지상에서의 힘든 노역은 제발 저희 대에서 그치게 해주십시오."

# 누가 이 할머니를 전사로 내몰았는가

11월 23일 오후 팔레스타인 가자지구 북부 자발랴. 몸에 검은 폭탄띠를 두른 여성이 이스라엘 군부대를 향해 돌진하다 정지신호인 섬광 수류탄을 맞고 자폭했다. 이스라엘군 세 명이 다쳤다. 여성의 이름은 파티마 오마르 마무드 날 나자르. 올해 64세. 손자 한 명은 거리에서 이스라엘군과 대치하다 숨졌고 또다른 십대 손자는 총격으로 다리를 잃었다. 남편은 일년 전 이스라엘군의 감옥에서 숨졌으며 아들 다섯은 아버지가 갇혔던 바로 그 감옥에 갇혀 있다. 그리고 이스라엘군은 보복으로 그의 집마저 날려버렸다. 그는 딸 둘에 아들 일곱, 거기에다 자랑스런 서른다섯 명의 손자 손녀를 거느린 대가족의 가장으로서 기꺼이 순교를 자원했다.

# 5월 어머니회

아르헨띠나의 '5월 어머니회'는 지금도 세 가지의 금도를 지킨다고 한다. 첫째로 실종된 자식들의 주검을 발굴하지 않으며, 둘째로 기념비를 세우지 않으며, 셋째로 금전보상을 받지 않는다. 왜냐하면 아이들은 아직 그들의 가슴속에서 결코 죽은 것이 아니며, 그들의 고귀한 정신을 절대로 차가운 돌 속에 가둘 수 없으며, 불의에 항거하다 죽거나 실종된 자식들의 영혼을 돈으로 모독할 수 없기 때문이다.

# 봄날

목련이 활짝 핀 봄날이었다. 인도네시아 출신의 불법 체류 노동자 누르 푸아드(30세)는 인천의 한 업체 기숙사 3층에서 모처럼 아내 리나와 함께 단란한 시간을 보내고 있었다. 목련이 활짝 핀 아침이었다. 우당탕거리는 구둣발 소리와 함께 갑자기 들이닥친 출입국관리사무소 직원들이 다짜고짜 그와 아내의 손목에 수갑을 채우기 시작했다. 겉옷을 갈아입겠다며 잠시 수갑을 풀어달라고 했다. 그리고 그 짧은 순간 푸아드는 창문을 통해 옆건물 옥상으로 뛰어내리다 그만 발을 헛디뎌 바닥으로 떨어져 숨지고 말았다. 목련이 활짝 핀 눈부신 봄날 아침이었다.

# 시의 장면과 시라는 장면, 그리고
## 이시영 소론, 그의 데뷔 40주년 기념 시선집에 부쳐

김정환

1

사석에서 이시영은 40년에 걸친 자신의 시 창작품 전체를 '긴 노래, 짧은 시'라는 말로 표현한 적이 있다. 이 요약은 이시영 시를 이해하는 데 매우 중요한 단서일 뿐 아니라, 이시영 시를 통해 얼핏 평범한 이 내용이 아연 의미심장해진다. 예술가는 무엇보다, 자신의 생애가 걸쳐진 공간과 시간을 해체, 보다 더 총체적인 자신의, 예술언어세계로 재구성하는 자들이다. 이야기는 그 첫 시작이고, 첫 시작이므로 하염없이 늘어나는 경향이 있다. 노래는, 1절 2절 3절, 그리고 후렴구에서 보듯, 딱히 가사 때문이 아니라도 반복되며 늘어나는 경향이 있다. 이시영 시는 필경 될 수 있는 대로 긴 노래를 담은 될 수 있는 대로 짧은, '시간의 공간화로서 시'를 겨냥케 되고 그 공간을 유년 자연의 이상향 및 고향에 대한 추억(은 언제나 가락으로 재구성된다)과 현재의 산문적인 생활(은 언제나 산문적이다)과 유구한 혈육(은 언제나 이야기적인 동시에 시적이다), 역사적 시사(時事)(는 늘 반시적이다) 그리고 죽음(은 공간의 공간이다)이 첫 이야기와 첫 노래 형태로 끊임없이 허물고 들어오지만 이 허묾 또한 시행을 더욱 짧게 만들고 시 공간 혹은 '시=공간'을 더 깊게, 허물 수 있을까, 그것이 어디까지 가능할까, 어디까지 가능할 수 있을까? 이 질문에서 그는 아주 놓여난 적이 없고, 그래서 그는 우리 시대 가장 예술적인 시인 중 한 사람이며, '죽은' 김수영의 맥락에서 볼 때 김수영의 「꽃잎」 연작과 「풀」이 행복한 걸작이라면, '산' 이시영의 40년 시력 맥락에서 볼 때 다음의 두 시, 그리고 그 '사이'는 이시영의, 거의 치명적인 걸작이다.

　　"지금 부서버릴까"
　　"안돼, 오늘밤은 자게 하고 내일 아침에⋯⋯"
　　"안돼, 오늘밤은 오늘밤은이 벌써 며칠째야? 소장이
　　알면⋯⋯"

"그래도 안돼……"
두런두런 인부들 목소리 꿈결처럼 섞이어 들려오는
루핑집 안 단칸 벽에 기대어 그 여자
작은 발이 삐져나온 어린것들을
불빛인 듯 덮어주고는
가만히 일어나 앉아
칠흑처럼 깜깜한 밖을 내다본다
                              ─「공사장 끝에」 전문


"시응이 갸가 요지음 놀고 있는갑습디다요……"
"어찌 그까 이……"
"………"
"………"


어느 초라한 무덤가에 빈 소주병 하나
그리고 빗물에 방금 씻긴 듯한 깨끗한 종이컵 하나
                              ─「골짜기」 전문


　「골짜기」는 이시영 시의 공간을 허물고 들어오는 그
모든 것으로 하여 더 짧아진 시고, 더 깊어진 공간이다.
그리고, 이시영 시력 40주년 기념 선집(최초의 선집이기도 하다)을 읽는 가장 큰 재미는, 바로 그 맥락을 읽는 재미다. 그는 어떻게 이런 '짧은 경지'에 이를 수 있었을까? 이후 그의 시적 행로는 어떻게?

2

'이야기시'라는 장르를 탄생시켰다는 평가를 받는 그의 초기 대표작 두 편 「후꾸도」와 「정님이」 '사이'가 벌써 있고, 이 '사이'는, 그의 짧은 시를 '하이꾸풍'쯤으로 설명하다가 그렇게 되기 쉽듯, '이야기시'라는 명명을 큰 코다치게 만들기 십상이다.

장사나 잘되는지 몰라
흑석동 종점 주택은행 담을 낀 좌판에는 시푸른 사과들
어린애를 업고 넜나간 사람처럼 물끄러미
모자를 쓰고 서 있는 사내
어릴 적 우리집서 글 배우며 꼴머슴 살던
후꾸도가 아닐는지 몰라
천자문을 더듬거린다고
아버지에게 야단맞은 날은
내 손목을 가만히 쥐고 쇠죽솥 가로 가

천자보다 좋은 숯불에 참새를 구워주며

멀뚱멀뚱 착한 눈을 들어

소처럼 손등으로 웃던 소년

(…)

새경을 타면 고무신을 사 신고

읍내 장터로 써커스를 한판 보러 가겠다고 하더니

갑자기 서울서 온 형이

사년 동안 모아둔 새경을 다 팔아갔다고 하며

그믐날 확독에서 떡을 치는 어깨엔

힘이 빠져 있었다

(…)

장사나 잘되는지 몰라

천자문은 다 외웠는지 몰라

칭얼대는 네댓살짜리 계집애를 업고

하염없이 좌판을 내려다보며 서 있는 사내

그리움에 언뜻 다가서려고 하면

나를 아는지 모르는지 모자를 눌러쓰고

이내 좌판에 달라붙어

사과를 뒤적거리는 사내

—「후꾸도」 부분

용산역전 늦은 밤거리

내 팔을 끌다 화들짝 손을 놓고 사라진 여인

운동회 때마다 동네 대항 릴레이에서 늘 일등을 하여 밥솥을 타던

정님이 누나가 아닐는지 몰라

(…)

식모 산다는 소문도 들렸고

방직공장에 취직했다는 말도 들렸고

영등포 색싯집에서 누나를 보았다는 사람도 있었지만

어머니는 끝내 대답이 없었다

용산역전 밤 열한시 반

통금에 쫓기던 내 팔 붙잡다

날랜 발, 밤거리로 사라진 여인

—「정님이」 부분


왜냐면, 이 두 시에서 이야기의 펼쳐짐보다 더 중요한 것은 겹침이고, 이야기의 겹침보다 더 중요한 것은 시간의 겹침이다. '아닐는지 몰라'로 시공을 흐리며 시인이 구사하는 그 겹침은, 「후꾸도」의 7행('천자문을 더듬거린다고')에서 행갈이가 느슨해지면서 '이야기로 허물어

지는'(그래서 김민기 「아침 이슬」 첫 부분처럼 노래 선율을 요하는) 사태를 맞지만 중간 행('힘이 빠져 있었다')의 과거형 삽입으로 국면이 전환되는 동시에 공간이 깊어지고, 전체적으로 이야기의 순서를 능가하는 공간화가 이뤄지는데, 「정님이」는 행갈이에 느슨함이 전혀 없고 '아닐는지 몰라' 운용이 보다 더 절묘해졌고, 「후꾸도」가 관찰의 시간과 공간을 갖는 반면 「정님이」는 순간적이고, 순간은 시간과 공간 사이다. 이야기로 넘쳐나는 이 작품을 시화하는 것은, 무엇보다, '어머니는 끝내 대답이 없었다.' 이 대목은 「후꾸도」의 '힘이 빠져 있었다'와 비교할 수 없을 정도로, 시공의 기존 질서를 해체하는 동시에 겹침의 깊이로 새로운 시적 총체성을 창출, 돌이킬 수 없이 저질러진, 돌이킬 수 없으므로 더 비극적이고, 돌이킬 수 없으므로 더 아름다운 생의 한자락이 돌이킬 수 없으므로 영원한 한 장면으로 전화하면서 생은 슬픔으로 빛난다는 점을 음각하며, 겹쳐질수록 더 비극적이고, 겹쳐질수록 더 아름답고, 겹쳐질수록 더 도려낼 수 없는 이시영 시의 이 '장면'이야말로 한국현대시에 서정(아직도, '농촌적'과 혼동되고 있다고 하지 않을 수 없는)과 '모던'(아직도, '도시적'과 혼동되고 있다고 하지 않을 수 없는)의 완전결합 수준을 선보인, 루비콘 강을 건넌 '사건'

에 다름아니었다. 「후꾸도」와 「정님이」를 건넌 그의 「대
숲에서는」은 "대가 자라는 소리가 들린다 / 대숲에서는
아무도 가지 않았다 / 귀가 자라는 소리가 들린다 / 대숲에
는 아무도 가지 않았다"의 '시간＝공간'이 가능하고,
「1974」에서는 "여우는 사람들 다리 사이로 빠져 달아나
면서 / 무슨 말을 중얼거렸다고 한다 / 아무도 그 말을 소
리낸 사람은 없다"의 '신화＝시사＝공간' 또한 가능하다.
그리고 「만월」은 "누룩 같은 만월(萬月)이 토담벽을 파
고"드는 인상 깊은 풍경(은 시간도 공간도 아니다) 이래
다소 뒤숭숭하게, 불길하고 음산하게, 흉흉하게 과거의
시간이 이어지지만 마지막 행 "늙은 달이 하나 떠올랐"
을 때까지 '만월'로 끝내 충만하다. 시간 그 자체를 공간
화했다는 뜻이다. 그리고, '장면'은 다시 흔들린다. 「머
슴 고타관 씨」는 사건이 더 긴박하므로, 빨치산 주제를
품으며 더욱 깊어진 '「정님이」 너머'가 아직 아니지만, 과
도하게 연극적이고 이 연극을 하나(또한 시간도 공간도
아니다)로 모으는 맨 마지막 "아직도 복삿빛 환한 아내
는 / 그의 녹슨 왼손과 함께 장터마을에 사는데 / 그의 한
쪽 다리를 사로잡은 / 그때 그 순사를 따라 사는데" 또한
아직 농촌적 괴기를 수습하지 못하지만, 작품 전체가 자
기충격적인 흔들림으로 전율한다. 「침묵귀신」은 '도시

적' 괴기가 흔들리고, "아무 일도 일어나지 않는다. 아무 일은 어디로 갔을까"에서 "슬픈 책 한 권이 전차에 오른 다"에 이르는 과정이 흔들리고, 「채탄(採炭)」은, 상이한 여러 표현법들이 출몰하며 덜그덕거리는 (암중이 아니라) 대낮의 모색이다. 그리고, 그러고도, 고향(「우리 동네 지명(地名)풀이」)과 어머니(「어머니」)에게 충분하고 농익은 가락(은 '노래=이야기'다)의 몸을 내주고 나서야 예의 「공사장 끝에」 곁에, 이시영 시문학은 「만월」의 속편이 자 '만월의 만월'인 「지리산(智異山)」을 거느리게 된다.

나는 아직 그 더벅머리 이름을 모른다
밤이 깊으면 여우처럼 몰래
누나 방으로 숨어들던 산사내
봉창으로 다가와 노루발과 다래를 건네주며
씽긋 웃던 큰 발 만질라치면
어느새 뒷담을 타고 사라지던 사내
벙뎀이 감시초에서 총알이 날고
뒷산에 수색대의 관솔불이 일렁여도
검은 손은 어김없이 찾아와 칡뿌리를 내밀었다
기슭을 타고 온 놀란 짐승을 안고
끓는 밤 숨죽이던 누나가

보따리를 싸 산으로 도망간 건 그날밤
노린내 나는 피를 흘리며 사내는
대창에 찔려 뒷담에 걸려 있었다
지서에서 돌아온 아버지가 대밭에 숨고
집이 불타도 누나는 오지 않았다
이웃 동네에 내려온 만삭의 처녀가
밤을 도와 싱싱한 사내애를 낳고 갔다는 소문이 퍼
졌을 뿐

—「지리산(智異山)」 전문

　이야기로서 빨치산 비극은 온전히 풍경화하고, 풍경이
비극적 서정성을 오히려 더 드높인다. 모든 동사(動詞)가
정지한다. '몰래 숨어들던 산사내'는 몰래 숨어들지 않
고, 심지어 '피를 흘리며 대창에 찔려 뒷담에 걸려 있던'
사내조차 피흘리지 않고, 대창에 찔려 있지 않고, 걸려
있지 않고, 설사 그랬더라도 동사로 그러지 않고 '형용사
로 그럴' 뿐이다. 비극은 여우, 노루발, 다래, 칡뿌리 등
가난과 원초의 자연을 입고 순정한 사랑의 소문으로 비
화하면서 오히려 더 비극적으로 된다. 그러므로 마지막
두 행은, 가장 동사적이면서도 만월보다 더 청정한 비극
의 풍경, 그 너머 시의 장면, 시라는 장면으로 된다.

## 3

눈이 자로 쌓인 어느날 밤
나는 잠결에 이모 목소리를 듣고 깜짝 놀랐다
"이런 좋은 분홍눈 오시는 날
호랑이나 와서 날 덜컥 물어갔으면!"
가만히 일어나보니
이모는 홍조로 밝게 물든 얼굴을
미닫이에 대고 속삭이는 것이었다
나는 그런 이모가 좋았다

　　　　　　　　　　—「늙은 이모전(傳)」 부분


이 시는 퍽이나 에로틱하다. 그 '에로틱'은 이모가 현재 늙었을수록 그녀의 젊은 시절이, 그리고 과거의 이모가 젊었을수록 그녀의 늙은 세월이 도드라지는 '에로틱'이고, 그 말을 어렴풋이 이해했을 시적 화자의 유년과 '홍조로 밝게 물든 얼굴'이 대비될수록 현기증 나는 '에로틱'이다. 과거시제로 이어지지만 이 시에는 과거가 없다. 이때쯤이면 이시영 시에서 추억은 유년과 자연의 '에로틱'으로 강력한 현재성을 발한다. 이어지는 「우리 마을 택호(宅號)풀이」의 마지막 부분 "어디서 진한 풋깻잎 익는 냄새가 났다"가 그렇고, 이어지는 「첫 수업」의 마지막 행 "장다리밭 위의 겅충한 하늘이 남빛으로 푸르던 날"이 그렇고, 이 '에로틱＝장면'은 장차 이시영 시세계의 가장 중요한 특장 중 하나로 자리잡게 되며, 그 대목을 만날 때마다 우리는 언뜻언뜻 '오이디푸스 콤플렉스' 운운이 신화와 현대를 절충한 시대착오적인 현대 진단이든지 말 그대로 정신병자에게나 통용될 수 있는 의학용어든지 둘 중 하나 아닐까 하는 의심에 기분좋게, 그리고 벌써 말끔하고 개운하게 사로잡히게 된다. 전문 3행("어둠속의 불안한 눈동자,／못자국처럼 숭숭 뚫린 성긴 턱수염 자국,／밤새워 먼 길을 달려온 이슬 맺힌 눈썹은 거기 있어라")의 「거울 앞에서」는 "소시민 소시민이라고 써놓은 얼룩진 벽에 (…) 아무렇게나 쌓아놓은 신문지 우에 독한 약봉지와 한 자루 칼이 놓여 있는 거울 속"에 있는 이용악 「오월에의 노래」에 대한 적절한 응답이고 손꼽히는 자화상 시로 남겠으나, 특히 2행의 비유와 이미지가 부르는 것은, 현명하게도, (노동자)혁명이 아니고, 생활이다. 「대설」은 '당신이 떠난'과 '포장마차'와 '빌딩'과 "바람 부는 날 우리가 찾아들던 일박여관의 아크릴 간판"과, "지미랄! 이 눈 다 치울려면 한 달은 더 걸리겠네" 등을 대설(大雪)이 지워가는 내용이지만, 생활과 대설이

서로를 갈수록 아프게 파고드는 정황 그 자체이기도 하고, 그러므로 마지막 행은 "현관문 안에서 아기들의 울음소리가 크게 울리기 시작했습니다"며, 이어지는 「자랑스런 날」은 "생활의 무게가 주는 겸허와/일하면서 사는 자의 자랑이 빛나고 있었"던 "시립부녀복지회관에서 나오는 여자들(이었을까)"이 "무거운 짐트럭 한 대가 식식거리며 다가와/짧은 상고머리를 내밀며/쌍년들! 어쩌고 하면서 투덜거리다가 이내 사라"지고 "여자들의 대오가 잠시 벽 쪽으로 밀려났다가 다시 모이며/이번에는 신록 우거진 사이로 아랫배까지 시원한 웃음소리가 들려"오는, 사소하고 고단한 생활의 장관을 포착해내지만, 그 감탄도 잠시, 단 한 편 건너 우리는 급기야 이 소리, 공간의 응집인 '소리'를 시 작품 자체로 '만나게=듣게' 된다. 「봄논」 전문이다.

마른논에 우쭐우쭐 아직 찬 봇물 들어가는 소리
앗 뜨거라! 시린 논이 진저리치며 제 은빛 등 타닥타닥 뒤집는 소리

유년과 장년의, 동시와 어른 시의, 구분이 불가능해졌다. 뿐인가. 삶과 죽음의 구분도 불가능해졌다.

잠자리 한 마리가 감나무 가지 끝에 앉아
종일을 졸고 있다
바람이 불어도 흔들리지 않고
차가운 소나기가 가지를 후려쳐도
옮겨앉지 않는다
가만히 다가가보니
거기 그대로 그만 아슬히 입적하시었다

—「가을날」 전문

뿐인가. 발걸음과 '마음=고향'의, 동사와 장면의, 자문과 자답의 구분도 불가능해졌다.

내 생애 그런 기쁜 길이 남아 있을까
중학 1학년,
새벽밥 일찍 먹고 한 손엔 책가방,
한 손엔 영어 단어장 들고
가름쟁이 콩밭 사잇길로 사잇길로 시오리를 가로
질러
읍내 중학교 운동장에 도착하면
막 떠오르기 시작한 아침해에

함뿍 젖은 아랫도리가 모락모락 흰 김을 뿜으며 반
짝이던,
　　간혹 거기까지 잘못 따라온 콩밭 이슬 머금은
　　작은 청개구리가 영롱한 눈동자를 이리저리 굴리며
팔짝 튀어 달아나던,
　　내 생애 그런 기쁜 길을 다시 한번 걸을 수 있을까
　　　　　　　　　　　　　　─「마음의 고향4─가지 않은 길」 전문

　하여, "어느날 죽음이 나를 따라와 함께 누웠다/그러
나 나는 지금 어디에 있는가?"(「어느날 죽음이……」)는 오
히려 생활 일상의 이야기고, "내 마음의 고향은/싸락눈
홀로 이마에 받으며/내가 그 어둑한 신작로 길로 나섰을
때 끝났다/눈 위로 막 얼어붙기 시작한/작디작은 수레
바퀴 자국을 뒤에 남기며"(「마음의 고향 6─초설(初雪)」)는
오히려 강력한 귀거래사고 이 모든 것은 다음의 '화살'과
'화살' 사이 팽팽함과 느긋함의, 떨림과 깊어짐의, 급강
하와 적요의 구분을 불가능케 한다.

　　화살 하나가 공중을 가르고 과녁에 박혀
　　전신을 떨듯이
　　나는 나의 언어가

바람 속을 뚫고 누군가의 가슴에 닿아
마구 떨리면서 깊어졌으면 좋겠다
불씨처럼
아니 온몸의 사랑의 첫 발성처럼

— 「시(詩)」 전문


새끼 새 한 마리가 우듬지 끝에서 재주를 넘다가
그만 벼랑 아래로 굴러떨어졌다
먼 길을 가던 엄마 새가 온 하늘을 가르며
쏜살같이 급강하한다

세계가 적요하다

— 「화살」 전문


그리고 덧붙여, 돌아보건대, 화살과 화살 '사이'가 단 3
행으로 인생을 응축한다.


가로수들이 촉촉이 비에 젖는다
지우산을 쓰고 옛날처럼 길을 건너는 한 노인이 있
었다
적막하다

— 「사이」 전문

「신생(新生)」의 2행("매서운 눈보라가 휩쓸고 지나가 자")의 '지나가자'는 시인이 모든 구분을 불가능케 한 후 의 첫 움직임을 그대로 묘사한 듯 한국 현대시사 중 가장 절묘한 동사 운용사례 중 하나라 할 만하고, 「애련(哀憐)」 은 제목과 시 내용의 상관관계가 최대이자 최적인 사례 중 하나라 할 만하다.

　　이 밤 깊은 산 어느 골짜구니에선 어둑한 곰이 앞발 　　을 공손이 모두고 앉아 제 새끼의 어리고 부산스런 등 　　을 이윽한 눈길로 바라보고 있겠다.

　　　　　　　　　　　　　　　　　　—「애련(哀憐)」 전문

우리는 스스로 가여운지도 모르는 채 어느새 우주적인 눈물에 눈빛이 흐려지는 광경을 이 시(행)에 겹치게 된 다. 「문화이발관」은 '유년＝농촌'의 '청년＝도시'(변두 리) 판, 그에 덧붙여 「야옹(夜翁)」은 「가을날」(잠자리)의 고양이 판. 서정의 사회적 수준이 그만큼 높아졌다. 예의 「골짜기」는 (두) 어머니와 죽음과 무덤과 공간과 대화와 시간을 하나로 뭉뚱그리며, 「물맞이」는 한 단계 높은 "우 리 어머니들의 육덕"의 '에로틱'이고, 「섬뜸」의 마지막 부분 "밭일을 마친 홰내 일꾼들이 주먹으로 수박을 깨뜨려 먹으며 알통을 드러내고 더운 몸을 닦던 곳, 그리고 밤이면 상류에서 씻기며 흘러온 세모래들이 세상에서 가장 아름다운 물결무늬 언덕을 만들며 또 낳던 곳"의 두 '곳'은 정지용의 「향수」보다 더 아름다운 곳이라고는 할 수 없으되, 정지용의 「향수」를 어쩔 수 없이 근대적인 것으로 국한짓는 '곳'임에 틀림없고, 「푸른 제복」은 산문의 시적 흐름이 가장 자연스러운 사례 중 하나로 마지막 부분 "20년 뒤 정년퇴직할 때까지 그는 그렇게 오랫동안 구례읍의 푸른 근대의 상징이자 뒤꼭지가 툭 튀어나온 권력의 작은 집행자. 그의 호각소리가 등뒤에서 들리지 않는 날이면 사나운 개들도 무척 심심해하였다"의 이종 (異種) 시어들의 뒤섞임 속에서도 그 자연스러움이 그대로 유지되는 것이 정말 놀라우며, 「여름」은 거꾸로 "그런 밤이면 더운 우리 온몸에서도 마구 수박내가 나고 우리도 하늘의 어딘가를 향해 은하수처럼 하얗게 거슬러오르는 꿈을 꾸었다"가 그의 가장 중요한 본령 중 하나를 새삼 확인시켜준다. 그리고 제목과 내용의 관계가 이리 가까우면서도 이리 짧은 분량으로 우리의 음식 일상을 이토록 장엄한 동시에 생애적으로 만드는 광경을 나는 아직 본 적이 없다.

겨울 아침, 커다란 제주홍합이 횟집 사내의 거친 얼굴에 와락 바다의 붉은 속살을 토해놓곤 천천히 입을 다문다.

—「조개의 죽음」 전문

4

　이시영은 '창비문단'의 선후배 사이에서 글판과 술판의 벗이자 과묵의 사무총장 노릇을 15년 이상 했다. '창비'라는 데가 문학창작과 사회비평은 물론 사회참여도 하는 곳이니 잡다하고 부산스럽고, 간간한 건수가 기나긴 지지부진을 수놓는 곳이니 그의 역할 또한 그랬겠으나 그는 벗이자 사무총장으로서 지치지 않은 반면, 시인으로서 전통적인 의미의 '순결'을 지켰고, 그것이 그의 일관되고 끈질긴, 그리고 지독한 대(對) 창비, 혹은 내(內) 창비 전략이었던 것 같기도 하다. 그가 정작 자신의 '벗이자 사무총장' 경험을 본격적으로 시화하기 시작한 것은 2003년 발간된 「은빛 호각」에서부터며, 그후 이제까지 발간된 세 권의 시집에서 그 경향은, 타자에 대한 국제화한 시선 확장과 더불어 강화되어왔다. 내게 이것은, '후일담'이 아님은 물론, 현실화한 민주주의 정치체의 현실적 한계를 시-문학적으로 극복하거나 최소한 보충하려는 열망과 관계가 있는 것처럼 보인다. 여기서 문제가 과거지향이라는 것을 감안한다면, 지금 시기 이시영은 생애 최대의 시적 모험을 생체실험적으로 하려는, 하게 된, 것인지도 모른다. 「몽골 시편 1」은 시인 이시영의 최고 역량을 거대한 대륙 몽골에 통째 입혀버린 명편이다.

　　풀을 뜯던 말들이 간혹 그 선량한 얼굴을 들어 바람 불어오는 쪽으로 고개를 주억거리고 있는 것을 보면, 때는 바야흐로 석양 무렵이고, 말들에게도 일말의 애수가 있다는 것을 금방 느끼게 된다.

—「몽골 시편 1」 전문

「'민중의 소리' 방송」은 처절하면서도 우스꽝스러운 밤 여덟시 서울구치소 해방구 장면을 무리 없이 전하고 마지막, ""동지 여러분! 그러면 안녕히 주무십시오"라는 서글픈 인사가 청계산 자락 깊은 밤하늘을 시큰하게 울리던 것만은 또렷이 기억할 수 있다"는 정말 시큰하지만 보편-특수한 감동을 준다 할 수 없고, 「1974년 11월」과 「1982년 여름」은 희귀한 문단수난사를 절묘한 위트와 함께 소개하지만 문단수난사를 보편-특수한 수난사로 만들기에 미흡하다. 그러나 "80년대 초중반 내가 아침마다 술취한 머리를 흔들며 출근하던" '창작과비평사' 및 '창작과비판사' 시절과 "내가 좋아하는 T. S. 엘리엇의 시구"가 뒤섞이는 「리치몬드 제과점」은 푸근한, 풀어지는 듯한 사회적 서정이 T. S. 엘리어트 시의 현대성을 너끈히 감당하면서 그보다 한 단계 더 높은 곳으로 슬쩍 흘러드는 인상적인 작품이고, 「홍조(紅潮)」는 「늙은 이모전(傳)」보다 더 사회적으로 걸쭉한 홍조며, 「형제」는 아연, 다시, 사회성과 미학의 구분이 불가능한 경지다.

내 얼굴을 쓰다듬으며 누님은 살았을 적 키가 건정한 아버지의 모습을 빼박았다 말하고 그런 누님을 가리켜 나는 젊었을 적 우물가에서 볼우물이 환한 웃음을 웃던 어머니의 옆얼굴을 그대로 닮았다고 했더니 수줍은 듯 호호 입을 가리고 웃었다. 찌는 듯한 여름해가 좀처럼 지지 않는 전주시 중노송동 노송탕 옆 반지하 셋방, 오랜만에 우리 둘이는 서로의 시큰한 뼈들을 안고.　　　　　　　　　　　　　　—「형제」 전문

정말 시큰하지 않은가. 「실업」은 이렇다. "오십칠세의 아침에 그는 갑자기 실직자가 되었다. 그리하여 아주 천

천히 일어나 겨울로 향한 보석 창문을 활짝 열어젖혔다."
이것은 생활의 사회성이 종말을 맞으면서 시의 사회성이
본격적으로 시작된다는 뜻? 최근 시집 『우리의 죽은 자
들을 위해』는 국내와 전세계 수난받는 타자들(카슈미르,
인도네시아 출신, 그리고 레바논, 팔레스타인, 아르헨띠
나)의 말과 실상과 그들에 대한 보도자료 등을 약간만
'시적'으로 수정한 것들이 수록작품 대다수를 이룬다.

목련이 활짝 핀 봄날이었다. 인도네시아 출신의 불
법체류 노동자 누르 푸아드(30세)는 인천의 한 업체 기
숙사 3층에서 모처럼 아내 리나와 함께 단란한 시간을
보내고 있었다. 목련이 활짝 핀 아침이었다. 우당탕거
리는 구둣발 소리와 함께 갑자기 들이닥친 출입국관리
사무소 직원들이 다짜고짜 그와 아내의 손목에 수갑을
채우기 시작했다. 겉옷을 갈아입겠다며 잠시 수갑을
풀어달라고 했다. 그리고 그 짧은 순간 푸아드는 창문
을 통해 옆건물 옥상으로 뛰어내리다 그만 발을 헛디
뎌 바닥으로 떨어져 숨지고 말았다. 목련이 활짝 핀 눈
부신 봄날 아침이었다.

　　　　　　　　　　　　　　　　　—「봄날」 전문

시의 속도와 비극의 속도가 아름다운 아이러니를 매개로 보조를 맞추며 속도 자체를 심화하는 명편이지만, '시적 수정'이 점점 줄어들고 (시적으로 요긴한 대목의) 인용만으로 시가 구성되는 현상은, 도덕적 의의가 아무리 크다 한들, 바람직한 것일까, 아니 시적으로 성공할 수 있는 것일까? 그러나 이시영은 흡사 선배−동료들에게 염려 마시라는 듯이, 그리고 나처럼 얘기하는 후배들에게 혹시 까불지 말라는 듯이, 아무렇지도 않게, '이시영' 고전적인 명품 한편을 앞세우고 있다.

어렸을 적 방아다리에 꼴 베러 나갔다가 꼴은 못 베고 손가락만 베어 선혈이 뚝뚝 듣는 왼손 검지손가락을 콩잎으로 감싸쥐고 뛰어오는데 아버지처럼 젊은 들이 우렁우렁한 목소리로 다가서며 말했다. "괜찮다 아가 우지 마라! 괜찮다 아가 우지 마라!" 그뒤로 나는 들에서 제일 훌륭한 풀꾼이 되었다.

—「풀꾼」 전문

정말 강력한 '유년＝현재' 아닌가. '시력 40년'은 흔치 않고(박정희가 '국보급'이라고 추켜세웠던 민요가수 김세레나가 데뷔 40년이고, 이시영과 동기동창이다) 이시영 나이에서는 손꼽을 정도고 그가 20세에 등단했으니, 또래에서 '시력 40년'의 현역인 경우는 그가 거의 유일할 것이다. 확실히 그는 백석과 이용악은 물론, 특히 김수영과 특히 고은과 특히 신경림 모두한테서 영향받았고, 백낙청과 염무웅, 그리고 김현 모두에게서 배움받았고, 특히 김윤수와 이문구와 한남철과 조태일, 그리고 송기원과 이진행과 김준태와 최원식과 김종철(시인) 및 제반 민주화-문화운동권 인사들 모두와의 어울림에서 응원받았으나 그들 사이와 차이를 섬세화, 그들 모두에게서 영향받고 배움받고 응원받은 것이 참으로 다행이라는 것을 자신의 뚜렷한 개성으로, 역설적으로 증명했다. 사회적으로 그랬고 시적으로 그랬다. 그의 데뷔 40주년 기념 시선집에 바치는 헌정사로 '대가'는 너무 흔하고 '에디션'은 '전집'보다 더 드높은 존경을 담지만 아무래도 사후용어고, '이시영을 극복한 이시영의 경지를 열었다'가 무난하겠으나, 아무래도 좀 아쉬워서 나는 하나의 이야기와 비유를 덧붙이고 싶다. 그리스신화 불과 대장간의 신 헤파이스토스는 추남에 절름발이인 주제에 무리한 방식으로 아름다움의 여신 아프로디테와 결혼했다가, 아프로디테가 자신은 거들떠보지 않고 전쟁의 신 아레스를 정부 삼아 노골적인 불륜을 저지르자 격분, 너무 정교해서

눈에 보이지 않으나 아주 튼튼해서 절대 끊어지지 않는 황금의 실로 그물을 짜서 정사중인 아프로디테와 아레스를 그대로 건져올려 만신의 비웃음을 사게 만든다. 이야 긴즉슨 그렇지만, 이 보이지 않는 황금그물은 사실 아무리 보아도 우스꽝스러운 남자와 여자의, 전쟁과 아름다움의 체위를 어떻게든 최소한 눈물겹게(이시영의 표현으로 '시큰하게'), 최대한 감동적으로 보이게 만들려는 서정적 안간힘의 비유 아닐까? 이 세상의 우스꽝스러운 온갖 체위에 대한 이시영 시의 역할이 바로 그렇다. 그리고, 한국 현대시에 대한 이시영 시의 역할은 더욱 그렇다. 아주 오래전부터 이시영 시의 '모던'에 미달하는 작품은 아무리 서정적이라도 서정시가 될 수 없고, 이시영 시의 서정에 미달하는 작품은 아무리 현대적이라도 현대시가 될 수 없었다. 그렇다. 이시영이라는 이름은 하나의 척도다. 시에서도 그렇고 사회-인간적 관계에서도 그렇다. 돌이켜보면 그의 사랑을 많이 받았으나 나 같은 것은 공연히 숨결만 거친 한 마리 대책없는 짐승에 지나지 않았다.

金正煥 | 시인

1949년 음력 8월 6일 전남 구례군 마산면 사도리에서 부친 전주
　　　　　이씨 제필(濟弼)과 생모 경주 정씨 병례(炳禮)의 1남 2녀 중
　　　　　장남으로 출생. 또다른 모친 해주 오씨 슬하에 누나 한 명
　　　　　이 더 있음.

1962년(13세) 구례중학교 입학.

1965년(16세) 전주 영생고등학교 입학.

1968년(19세) 서라벌예술대학 문예창작과에 입학. 서정주 김동리
　　　　　박목월 김현승 김구용 이형기 이동주 김현 선생에게 수학.

1969년(20세) 1월 중앙일보 신춘문예에 시조 「수(繡)」가 당선. 7월
　　　　　문화공보부 문예작품 현상공모에 시조 「소금」 당선. 11월
　　　　　『월간문학』 제3회 신인작품모집에 시 「채탄」 외 1편 당선.

1970년(21세) 임보 김춘석 오세영 이건청 조정권 신대철 등과 동인
　　　　　지 『육시(六時)』를 2집까지 간행.

1972년(23세) 부친 별세. 서라벌예술대학 졸업식에서 서라벌문화상
　　　　　수상.

1974년(25세) 유신헌법에 반대하는 '개헌청원지지문인 61인 선언'
　　　　　에 서명하고 중앙정보부에 연행되어 조사받음. 3월 고려

대 국문과 석사과정 입학. 11월 18일 오전 10시 광화문 의 사회관 계단에서 '자유실천문인협의회 101인 선언' 발표에 참여하고, 고은 이문구 조태일 박태순 윤흥길 등과 함께 종로경찰서에 연행되어 조사받음. 이 일을 계기로 송기원과 함께 70년대 말까지 사무실 없는 자유실천문인협의회의 '가방 총무'(가방 안에 회원명부, 회비수납 노트, 직인 등 살림살이 일체가 있었음) 역할을 함.

**1975년**(26세) 1~2월 동아일보 광고탄압 사태에 항의, 기자들의 '자유언론실천선언'을 지지하는 '문인·자유수호격려' 광고운동에 참여. 3월 서울시 교육위원회 중등교원 임용 순위고사에 합격, 서라벌고교 국어교사가 됨. 8월 3학기를 마친 대학원에 나머지 한 학기를 등록하지 않아 제적됨.

**1976년**(27세) 12월 첫시집 『만월(滿月)』(창작과비평사)을 '창비시선' 10번으로 출간.

**1977년**(28세) 모친 해주 오씨 별세.

**1978년**(29세) 6월 서라벌고교 국어교사 사직. 10월 함안 이씨 경희(景喜)와 결혼.

**1979년**(30세) 7월 3일 워커힐에서 열린 제4차 세계시인대회장에서 김지하 송기숙 양성우를 석방하라는 구호를 외치고 '세계시인들에게 보내는 편지'를 낭독하고 시위하다 이문구 송기원 등과 함께 동부경찰서에 연행되어 경범죄로 각각 구류 14일씩을 선고받음. 성동경찰서 유치장에서 10일을 살고 정식재판을 청구함(이후 1980년 동부지원 재판에서 구금 10일로 형이 확정). 9월 장녀 민서(民書) 출생.

**1980년**(31세) 2월 『창작과비평』 편집장으로 입사. 계엄검열단에 의해 봄호, 여름호의 좌담, 논문, 시 그리고 편집후기까지 전문 혹은 부분이 삭제당함. 7월 30일 가을호 교정쇄를 계엄

검열단에 제출하고 기다리던 중 7월 31일 국보위에 의해
『창작과비평』이 폐간당함. 창작과비평사 사무실을 마포구
아현동으로 옮기고 아동문고 사업에 전념함.

**1981년**(32세) 신경림 선생과 공편으로 '신작시집' 씨리즈를 간행하
기 시작함. 이 씨리즈는 87년 1월까지 5호째 이어져 김용
택 등 신인 발굴과 민족문학진영의 발표지면으로서의 역
할을 함.

**1982년**(33세) 김지하 시선집『타는 목마름으로』(창비시선 33)를 간행
했으나 약 1만여 부가 압수되어 지형과 함께 폐기되고 약 1
만여 권은 독자들에게 팔림. 안기부에 연행되어 조사를 받
고 국세청에 의해 1천만원의 추징금이 부과됨. 12월 김지하
의 대설『남(南)』1권을 간행했으나 문공부 간행물심의실에
서 '불허'하여 제책된 책 전체에 '봉인' 도장이 찍힘.

**1984년**(35세) 2월 '17인 신작시집'『마침내 시인이여』가 당시로서
는 보기 드물게 5만여 부가 판매됨. 그러나 여기에 실린 김
지하의 장시「다라니」때문에 스님들의 강력한 항의에 시
달림. 7월 주간으로 발령받음.『마침내 시인이여』일역판
을 토오꾜오 아오끼쇼보오(靑木書房)에서 출간.

**1985년**(36세) 10월 부정기간행물『창작과비평』57호를 간행. 이 일
로 서울시로부터 12월 9일 '출판사 등록취소' 통보를 받
음. 이에 항의하는 문학인 및 각계 인사 2,853명의 항의문
및 서명록을 문공부 안기부 청와대에 보내고 자유실천문
인협의회 등에서 연일 밤샘 농성을 함.

**1986년**(37세) 8월 5일 '창작사'로 출판사 재등록. 8월 10년 만에 두
번째 시집『바람 속으로』(창작사) 출간. 12월 차녀 민화(珉
華) 출생.

**1987년**(38세) 자유실천문인협의회 집행위원으로 6월항쟁에 적극

참여. 9월 자유실천문인협의회가 해체되고 '민족문학작가회의'로 거듭남.

**1988년**(39세) 3월 『창작과비평』 복간호(통권 59호)가 발행됨. 출판사 명도 '창작사'에서 '창작과비평사'로 회복됨. 3월 세번째 시집 『길은 멀다 친구여』(실천문학사) 출간. 가을 학기부터 중앙대 예술대학 문예창작학과에 시창작 강사로 출강, 이후 강의를 위해 약 7, 8년간 서울과 안성을 오르내림.

**1989년**(40세) 『창작과비평』 겨울호에 '황석영 북한방문기'를 게재했다는 이유로 11월 23일 안기부에 연행, 25일 국가보안법 위반 혐의로 구속영장이 발부됨. 12월 9일 서울구치소로 넘어갈 때까지 17일간 남산의 안기부 지하 조사실에서 온갖 고초를 당함.

**1990년**(41세) 2월 3일 보석으로 서울구치소에서 풀려남. 1심(92년), 2심(93년)을 거쳐 3심(95년)에서 징역 8개월, 자격정지 1년, 집행유예 2년으로 형이 확정됨. 이후 95년 8월 15일 대통령령으로 특별복권이 이루어짐.

**1991년**(42세) 5월 네번째 시집 『이슬 맺힌 노래』(들꽃세상) 출간.

**1993년**(44세) 8월 중국 옌뻰사회과학원 문학예술연구소 초청으로 신경림 이동순 시인과 함께 옌지(延吉)에서 열린 '중국 조선족 문학예술 국제학술연구회'에 참가하고 15일간 백두산 창춘(長春) 퉁화(通化) 지안(集安) 션양(瀋陽) 칭따오(青島) 등지를 여행함. 10월 프랑크푸르트 도서전 참가를 계기로 독일 스위스 프랑스 등지를 여행함.

**1994년**(45세) 1월 창작과비평사가 주식회사로 법인전환하면서 상무이사 겸 주간으로 발령받음. 5월 다섯번째 시집 『무늬』(문학과지성사) 출간. 이 시집으로 12월 제4회 서라벌문학상 수상.

**1995년**(46세) 2월 창작과비평사의 대표이사 부사장으로 발령받음. 5월 첫 산문집『곧 수풀은 베어지리라』(한양출판) 출간. 11월말 생모 경주 정씨 별세.

**1996년**(47세) 2월 7~13일 토오꾜오 국제도서전에 참가. 토오꾜오 꾜오또 나라 등지를 여행. 2월 27일 세종문화회관에서『창작과비평』창간 30주년 기념행사를 치름. 3월 여섯번째 시집『사이』(창작과비평사) 출간. 3월 중앙대 예술대학원 문학예술학과 객원교수로 초빙됨. 5월 시「마음의 고향 6」으로 제8회 정지용문학상을 수상함. 독일에서 간행되는 문예지 *die horen*(1996년 4호) '한국현대문학' 특집호에「후꾸도」「이름」「고개」「노래」등이 번역 수록됨.

**1997년**(48세) 중국 창춘에서 간행되는 격월간 문예지『장백산』에「바람아」「그리움」「나의 노래」「고요한 가을」「야음」「솔」「만월」등 7편을 발표. 10월 일곱번째 시집『조용한 푸른 하늘』(솔출판사) 출간.

**1998년**(49세) 1월 민족문학작가회의 상임이사로 선임됨. 9월 시집『조용한 푸른 하늘』로 제11회 동서문학상 수상. 9월 25일 ~10월 4일 독일 함부르크, 빌레펠트 등에서 열린 '한국현대문학의 주간' 행사에 참여,「이름」「후꾸도」「고개」「노래」「마음의 고향 6」「편지」등을 낭송.

**1999년**(50세) 3월 창작과비평사 상임고문이 됨.

**2000년**(51세) 1월 민족문학작가회의 부이사장에 선임됨. 한국 펜에서 간행하는 *Korean Literature Today* 2000년 봄호에「바람아」「정님이」「서울행」「새」「신새벽」「마음의 고향 2」등이 영역 수록됨.

**2001년**(52세) 가을 미국 코넬대에서 김수영 신경림 이시영 3인 영역시집 *Variations: Three Korean Poets*(동아시아 씨리즈) 출간. 「이름」 「역사에 대하여」 「노래」 등이 영역되어 *Voices In Diversity: Poets From Postwar Korea,* (New York: Cross-Cultural Communications)에 수록됨.

**2002년**(53세) 6월 14~15일 금강산에서 열린 '6·15민족통일대축전'에 참가, 북한의 오영재 시인, 남대현 작가 등을 만남.

**2003년**(54세) 3월 31일 1980년 2월부터 23년 2개월간 근무한 창작과비평사 퇴직. 8월 21~28일 몽골에서 열린 '제9회 세계작가와의 대화' 행사에 참가. 9월 중앙대 예술대학 문예창작학과 겸임교수에 위촉됨. 11월 여덟번째 시집 『은빛 호각』(창비) 출간. 『현대시학』 11월호에 「순간들」 「노래」 「이슬」 「예감」 「옛시」 등 5편이 독일어로 번역 수록됨.

**2004년**(55세) 5월 시집 『은빛 호각』으로 제9회 현대불교문학상 수상, 제4회 지훈상 문학부문 수상. 5월 아홉번째 시집 『바다 호수』(문학동네) 출간. 11월 『바다 호수』로 제6회 백석문학상 수상.

**2005년**(56세) 3월 14~21일 프랑크푸르트 도서전 주빈국 조직위원회 주관 '한국문학 순회 프로그램' 라이프찌히 문학행사에 참가하여 「후꾸도」 「이름」 「고개」 「노래」 등을 낭독. 5월 열번째 시집 『아르갈의 향기』(시와시학사) 출간. 7월 20~25일 평양 백두산 묘향산 등지에서 열린 '6·15 공동선언 실천을 위한 민족작가대회' 참가. 11월 한국문화예술위원회 문학위원회 위원장에 위촉됨. 12월 중앙대 예술대학원 전문가과정 강의를 끝으로 중앙대 예술대학 겸임교수 사임.

**2006년**(57세) 3월 단국대 예술대학 문예창작과 초빙교수로 임용됨.

**2007년**(58세) 4월 9~10일 상하이에서 열린 제1회 한중작가회의에 참가하여 「우리의 죽은 자들을 위해」 「대통령의 눈물」 「보시니 참 좋았다」 등을 낭독. 6월 열한번째 시집 『우리의 죽은 자들을 위해』(창비) 출간. 9월 하바드대학 한국학연구소에서 간행한 *AZALEA*에「북어」「평행」「사이」「아슬한 거처」「저녁의 시간」이 영역 수록됨. 10월 제39회 대한민국 문화예술상 문학부문 수상. 미국 버팔로에서 발행된 *Damn The Caesars* '현대한국시' 특집에「북어」「평행」「마음의 고향 6」「맹감나무 아래」「사이」「아침이면」「새벽에」「생(生)」「아슬한 거처」「저녁의 시간」이 영역 수록됨.

**2008년**(59세) 2월 민족문학작가회의의 후신인 (사)한국작가회의 부이사장에 선임됨. 5월 인하대에서 열린 제2회 한중작가회의에 참가,「조국」「노 혁명가의 죽음」「겨울밤의 서사」 등을 낭독. 일본 오오사까에서 발행된 시전문지『PO』 '한국현대시의 오늘'에「푸른 제복」「호명(呼名)」「외길」 등이 일역 수록됨. 11월 26일~12월 1일 한국문학번역원 주관으로 멕시코를 방문하여 멕시코씨티(Donceles66)와 과달라하라 주립대학(UDG) 한국문학 행사에 참가,「서시」「정님이」「고개」 등을 낭독.

**2009년**(60세) 7월 9~10일 중국 칭하이성(靑海省) 시닝(西寧)시에서 열린 제3차 한중작가회의에 참가,「밤」「승인」「별잠」 등을 낭독. 8월 등단 40주년 기념 시선집『긴 노래, 짧은 시』(창비) 출간.

정리·작성: 박신규(창비 문학출판부 팀장)

| 작품 출전 |

**김사인 정선**

만월 / 후꾸도 / 대숲에서는 / 1974 / 머슴 고타관씨 / 정님이 / 침묵귀신 / 채탄(『만월』, 창작과비평사 1976)

눈이 부신 날에 / 우리 동네 지명풀이 / 어느날 / 어머니 / 지리산 / 공사장 끝에 / 1956년 / 옛동산(『바람 속으로』, 창작과비평사 1986)

늙은 이모전 / 형제들을 위하여 / 과천서 서울로 / 우리 마을 택호풀이 / 첫 수업 / 풍경 / 종고모 / 어느 하오(『길은 멀다 친구여』, 실천문학사 1988)

**고형렬 정선**

학 / 거울 앞에서 / 벽 / 행렬 / 오동도 / 신설 / 대설 / 자랑스런 날(『이슬 맺힌 노래』, 들꽃세상 1991)

내가 언제 / 봄논 / 시 / 가을날 / 나무에게 / 족적 / 마음의 고향 4 (『무늬』, 문학과지성사 1994)

목숨 / 어느날 죽음이…… / 가을의 소원 / 어느 아침 / 마음의 고향 6 / 북어 / 사이(『사이』, 창작과비평사 1996)

### 김정환 정선

석양녘 / 화살 / 신생 / 애련 / 문화이발관 / 야옹(『조용한 푸른 하늘』, 솔 1997)

골짜기 / 물맞이 / 섬뜸 / 여름 / 푸른 제복 / 조개의 죽음 / 잠들기 전에(『은빛 호각』, 창비 2003)

### 하종오 정선

몽골 시편 1 / 1974년 11월 / '민중의 소리' 방송 / 1982년 여름 / 리치몬드 제과점 / 홍조 / 형제(『바다 호수』, 문학동네 2004)

14K / 명당 / 실업 / 노인 / 조드 / 아침의 장관 / 자연(『아르갈의 향기』, 시와시학사 2005)

책상 동무 / 풀꾼 / 카길중학교에서 / 하싼 / 누가 이 할머니를 전사로 내몰았는가 / 5월 어머니회 / 봄날(『우리의 죽은 자들을 위해』, 창비 2007)

**김사인  金思寅**  1955년 충북 보은에서 태어나 서울대 국문학과를 졸업하고 고려대 대학원에서 공부했다. 1981년 동인지 『시와 경제』의 창간 동인으로 참여하며 작품활동을 시작했고, 시집으로 『밤에 쓰는 편지』(1987) 『가만히 좋아하는』(2006)이 있다. 신동엽창작상(1987) 현대문학상(2005) 대산문학상(2006) 등을 수상했고, 현재 동덕여대 문예창작학과 교수로 재직하고 있다.

**고형렬  高炯烈**  1954년 강원도 속초에서 태어나 1979년 『현대문학』에 시 「장자」 등이 추천되면서 작품활동을 시작했다. 시집으로 『대청봉 수박밭』(1985) 『해청』(1987) 『사진리 대설』(1993) 『성에꽃 눈부처』(1998) 『김포 운호가든집에서』(2001) 『밤 미시령』(2006) 등이 있다. 지훈문학상(2003) 백석문학상(2006) 일연문학상(2006) 대한민국문화예술상(2006) 등을 수상했다.

**김정환  金正煥**  1954년 서울에서 태어나 서울대 영문학과를 졸업했고, 1980년 『창작과비평』에 「마포, 강변동네에서」 등 6편의 시를 발표하면서 작품활동을 시작했다. 시집으로 『지울 수 없는 노래』(1982) 장시집 『황색예수전』 1·2·3(1983~86) 『회복기』 『좋은 꽃』 『해방서시』(1985)

『우리, 노동자』(1989)『기차에 대하여』(1990)『사랑, 피티』1·2·3(1991)
『희망의 나이』(1992)『하나의 이인무와 세 개의 일인무』(1993)『노래는 푸른 나무 붉은 잎』(1993)『텅 빈 극장』(1995)『순금의 기억』(1996)『해가 뜨다』(2000)『하노이-서울 시편』(2003)『레닌의 노래』(2006)『드러남과 드러냄』(2007)『거룩한 줄넘기』(2008) 등이 있으며, 백석문학상(2007)을 수상했다.

**하종오** 河 鍾 五   1954년 경북 의성에서 태어나 1975년『현대문학』에 시「사미인곡」등을 추천받아 작품활동을 시작했다. 시집으로『벼는 벼 끼리 피는 피끼리』(1981)『사월에서 오월로』(1984)『넋이야 넋이로다』(1986)『분단동이 아비들하고 통일동이 아들들하고』(1986)『정』(1987)『꽃들은 우리를 봐서 핀다』(1989)『깨끗한 그리움』(1993)『님 시편』(1994)『쥐똥나무 울타리』(1995)『사물의 운명』(1997)『님』(1999)『무언가 찾아올 적엔』(2003)『반대쪽 천국』(2004)『님 시집』(2005)『지옥처럼 낯선』(2006)『국경 없는 공장』『아시아계 한국인들』(2007)『베드타운』(2008) 등이 있으며, 신동엽창작상(1983) 불교문예작품상(2006)을 수상했다.

이시영 시선집
**긴 노래, 짧은 시**

초판 1쇄 발행/2009년 8월 10일

지은이/이시영
펴낸이/고세현
엮은이/김정환·고형렬·김사인·하종오
책임편집/박신규
펴낸곳/(주)창비
등록/1986년 8월 5일 제85호
주소/413-756 경기도 파주시 교하읍 문발리 513-11
전화/031-955-3333
팩시밀리/영업 031-955-3399·편집 031-955-3400
홈페이지/www.changbi.com
전자우편/literat@changbi.com
인쇄/한교원색

ⓒ 이시영 2009
ISBN 978-89-364-6118-8 03810